Alexandre Galien

Après des études de droit et de sciences criminelles, Alexandre Galien a intégré la direction régionale de la police judiciaire. Actuellement en disponibilité, il se consacre aujourd'hui à l'écriture. Diplômé de l'École d'affaires publiques de Sciences Po, il y dispense depuis septembre 2020 des cours de littérature et d'écriture créative.

Il est le plus jeune lauréat du Prix du Quai des Orfèvres, qu'il a obtenu pour *Les Cicatrices de la nuit*, vendu à plus de 200 000 exemplaires. Le deuxième volet de la saga, *Le Souffle de la nuit*, est sorti en 2020 chez Michel Lafon. Son nouveau roman, *Soleil Levant*, a paru en 2021 chez le même éditeur.

SOLEIL LEVANT

ÉGALEMENT CHEZ POCKET

LE SOUFFLE DE LA NUIT

SOLEIL LEVANT

ALEXANDRE GALIEN

SOLEIL LEVANT

POLAR
Michel LAFON

ISBN : 978-2-266-31264-6
Dépôt légal : septembre 2022

À Alain qui, j'espère, aurait aimé s'appeler Ziggy pendant quelques pages.

« Il faut imaginer Sisyphe heureux. »
ALBERT CAMUS, *Le Mythe de Sisyphe*

Inseki jisatsu

Masakatsu Morita se trouvait sur une ligne de crête. *Giri Haji, Giri Haji, Giri Haji*..., « la honte et le devoir », ne cessait-il de répéter dans un souffle. Il avait éteint les lumières de sa chambre d'hôtel. Seuls les phares des voitures et les réverbères de la place de la Concorde éclairaient son corps nu qui se reflétait par intermittence sur la lame du tantō, le poignard accompagnant la lettre dépliée sur sa table de chevet. Son séant s'enfonçait dans la literie haut de gamme de l'hôtel Crillon, qu'ils allaient bientôt devoir remplacer. Dire qu'il n'était éclairé que par le Paris scintillant qui faisait rêver tant de ses compatriotes serait un mensonge éhonté. Le téléviseur dernier cri accroché au mur de sa chambre projetait également sur son corps frêle une lumière bleue dégueulasse. C'est ainsi qu'on le trouverait, se dit-il. Dans le plus simple appareil, déshonoré.

À l'écran, ses traits disgracieux, travestis par une jouissance interdite dans une pièce, elle, fort bien éclairée. Morita aimait pouvoir apprécier chaque centimètre carré d'une peau. Il n'était pas homme de mystère, et les ambiances tamisées ne l'excitaient pas. Non, il devait tout voir, artiste obsessionnel de sa vie. La pointe du tantō se heurtait à son ventre flasque. Il était gras et maigre à la fois, tout en paradoxes. Trop petit pour en imposer, trop bedonnant pour être svelte.

Cela faisait bien longtemps que la vidéo s'était arrêtée. Le plan de fin était abject. Son orgasme, odieux. « Les gens bien me détesteront. » Il enfonça tout doucement le tantō, libérant un léger filet de sang qu'il regarda descendre le long de son ventre, et se perdre dans ses poils pubiens avant de venir tacher son slip kangourou, dont l'élastique menaçait de céder sous la supplique de ses nombreux déjeuners d'affaires. Il tourna la tête vers le miroir accroché au mur, un miroir d'époque, imposant, qui avait dû se gargariser, depuis un siècle, de nombre de reflets sublimes. Princesses russes, actrices américaines, chanteuses françaises… Morita se dit que ce miroir allait finir sa carrière en s'imprimant d'un visage ignoble. S'il n'avait jamais été un éphèbe, sa laideur s'illustrait particulièrement ce soir. Son visage, surtout. Plus laid que sur la télé, plus laid que n'importe quoi. Déformé par une grimace de dégoût de soi, inondé de larmes et de morve que plus aucune dignité ne lui dictait d'essuyer. Sur son crâne dégarni, il rabattait une mèche de cheveux. Son collègue Yuto, jeune, beau et bien plus intelligent que lui, ne cessait de lui rabâcher qu'il fallait arrêter avec la coiffure code-barres.

Ce soir, Morita emmerdait Yuto. Il s'apprêtait à débarrasser la face du monde de sa disgrâce. Il n'était plus que *Giri*. Le devoir viendrait après, quand il en trouverait la force. Morita tremblait, entraînant dans son mouvement la lame du tantō qui creusait doucement le petit trou dans lequel il avait trouvé à se nicher. Quoi qu'il arrive, un tantō trouve toujours sa voie…

Un sentiment de panique envahit Morita. Il lâcha son poignard, ralluma les lumières et s'habilla. Il éteignit le téléviseur, ouvrit la fenêtre. Personne. Un taxi, au loin, qui filait vers la rive Gauche. Trois heures quarante du matin, l'heure où l'ombre ne vit plus, où l'aube n'est rien qu'une promesse…

Du balcon, il jeta la clé USB avec tant de force qu'elle vint s'écraser sur les pavés de la Concorde. Éclairée, la chambre n'avait plus rien de glauque. Sa moquette moelleuse aurait presque pu être une invitation à la sieste… S'il n'y avait eu ce lit, qui semblait vouloir vous envelopper, vous emmener loin du moindre tracas. Il prit place derrière le petit bureau, sortit un stylo-plume qu'il fit glisser adroitement sur le papier à lettres de l'hôtel. Il était toujours en slip. Il ouvrit une bouteille de *Suntori*, en but une rasade de cow-boy nippon, et plia sa première missive avant de se lancer dans la seconde. Dehors, Paris se réveillait, s'étirait doucement. Les camions de la voirie ronronnaient, les balais sur les pavés crissaient, doux comme un couteau sur les tartines du dimanche matin. La bouteille de *Suntori* avait pris un petit coup, mais il en restait assez. Il posa contre elle la dernière lettre et l'entoura de deux verres propres qu'il avait récupérés sur le minibar.

La douche brûlante lavait le sang et les quelques restes de disgrâce qui jonchaient le visage de Morita. Il frotta énergiquement son corps avec le gel douche

Aēsop qui libéra dans la salle de bains un doux parfum de vétiver. En frottant son torse, il veilla à ne pas regarder la façon dont ses doigts se perdaient bien trop facilement dans ses bourrelets. Puis il se ravisa et, pour la première fois de sa vie, observa les mouvements flasques de sa graisse. Son corps, le sien. Il n'était pas grand-chose, ce corps, mais il était à lui. Il enfila une chemise propre, un pantalon de costume, et s'aspergea d'Eau sauvage. Il était prêt, enfin.

Il ne regrettait pas d'avoir lu, pendant sa première année d'étudiant, le *Kanzen jisatsu manyuaru*[1], le manuel du suicide. Il ne fallait jamais manquer de bonnes manières…

Le décor était doux, presque trop. Sur le bord du lit, le tantō le narguait toujours. *Giri Haji*. Il était temps… Il se demanda une seconde pourquoi le *seppuku*, auquel il allait avoir recours, n'avait pas eu droit aux honneurs d'un chapitre du fameux manuel. Sa dernière pensée articulée ne serait ni pour sa femme, ni pour sa fille, ni même pour ses vices. Autour de sa chemise, il avait serré sa ceinture. Les entrailles ne devaient pas tomber. Il posa le poignard sur la gauche de son abdomen, y fit une entaille en diagonale. Un cri venu des profondeurs de la terre lui échappa. Sans qu'il ait le temps d'en finir avec son rituel, sa face s'écrasa contre le sol. *Giri*...

---

1. *Kanzen jisatsu manyuaru* (完全自殺マニュアル), littéralement « Mode d'emploi complet du suicide », est un livre publié en japonais par Wataru Tsurumi. Paru en 1993, il s'est vendu à plus d'un million d'exemplaires au Japon.

– 1 –

Paris, le 4 mars 2021

Réveillé par un soleil de plus en plus matinal, Philippe Valmy sauta de son lit comme un fauve. Il prit les quelques secondes qu'il fallait à son corps de cinquante-six ans pour se déplier. Il en prit quelques-unes de plus pour contempler le spectacle qui se jouait devant lui. De puissants rayons dardaient à travers ses volets, éclairant sa chambre d'une demi-pénombre satisfaisante. Assez de lumière pour voir son parquet ancien, les moulures au plafond. Assez, aussi, pour contempler son lit, défait. Ses draps immaculés, la déco de sa chambre, qu'il avait confiée à une décoratrice à son retour à Paris. Surtout, cette timide clarté lui offrait le plus beau des tableaux. Elle, nue. Étendue sur le ventre, sa peau laiteuse qui tranchait juste assez avec le blanc de la couverture. Son grain de beauté, rond, hypnotisant, au-dessus de la fesse droite. Ses cuisses qu'il avait envie de caresser, mais il n'en avait pas le temps. Il aurait voulu la réveiller en lui faisant l'amour. Sentir son haleine froissée contre son torse. La voir sourire dans ses bras, une fois qu'il aurait décidé de ne rien faire de ce qu'il devait. Parce que c'était elle, le plus important. Le plus important, c'était de se sentir vivant, dans ses bras. Lui, le zombie. Lui, le dépressif à qui la vie ne souriait plus depuis longtemps. Le flic à la limite de la péremption, qui se forçait à rester pour ne pas sombrer, parce que sa démission lui avait trop coûté. Parce que, gracieusement, l'administration lui avait fait cette fleur de le laisser revenir.

Il s'approcha de sa fenêtre. La main sur l'espagnolette, il hésita, sachant pertinemment ce qui l'attendrait une fois que ces satanés volets seraient ouverts. Il savait que sa chambre donnait sur la terrasse du Café de la Poste, à laquelle s'attablaient tous les matins les artistes et les jeunes branchés du Haut-Marais. Une fois cette fenêtre sur l'extérieur ouverte, il entendrait les rires, le brouhaha des conversations entrecoupé du bruit strident d'un scooter qui pétarade. Les premières températures de mars étant souvent facétieuses, il verrait se presser sur le trottoir des gens trop couverts, qui ouvrent négligemment leur manteau ou le portent sur le bras, incapables de savoir s'ils ont chaud, froid, ou s'ils ont chopé une grippe tardive.

Il jeta un œil à son radio-réveil. Sept heures cinquante-cinq. Il était à quelques secondes du piaillement des enfants que leurs parents accompagnent à l'école primaire de la rue Béranger. Des petites voix aiguës qui le rappelleraient à la réalité, tandis qu'il pourrait rester là, simplement, à profiter d'elle, de la douceur de son lit, bien protégé par son triple vitrage.

Il savait que lorsqu'il ouvrirait sa fenêtre, la voix se réveillerait doucement, que tout disparaîtrait. Il savait que la silhouette sur le lit n'était rien d'autre qu'une hallucination. Tous les matins, son cerveau lui offrait ce répit, lui faisant croire pendant une minute qu'Élodie dormait à son côté, quand son corps reposait depuis deux ans au Père-Lachaise. Parfois, la réalité le mordait au visage lorsque, à demi endormi, il tentait de l'entourer de son étreinte et que son bras s'écroulait, masse morte, sur un oreiller sans mémoire. D'autres fois, comme aujourd'hui, il s'offrait quelques secondes de plus. Jusqu'à ce qu'il ouvre ses volets et que les bruits de la vie viennent se heurter à l'ensemble de son être, comme une nuée de grêlons épais qu'il ne saurait jamais éviter. Ces bruits de vies joyeuses, qui combleraient de bonheur n'importe quel quidam, et qui lui rappelaient avec une violence indicible qu'il était trop tard pour lui. Que rien ne le sauverait plus. Qu'autour de lui, on tombait comme des mouches et que tout ce qui lui restait à faire, c'était prendre une douche pour ne pas trop sentir la mort, boire un café pour ne pas cauchemarder debout et, ce matin, aller s'asseoir dans le bureau déprimant et fleurant la naphtaline du psychiatre du service de soutien psychologique opérationnel. Un type à lunettes rondes, qui portait des pulls de prof de techno et des baskets. Un type qui, du haut de ses trente ans, le cernait exceptionnellement bien. Et qui, sous son accent du Sud-Ouest à couper au couteau, était un professionnel hors pair que l'administration allait se dépêcher de perdre, faute de considération et de moyens suffisants. Il finirait dans le privé, fonderait une famille de rêve, s'offrirait des vacances au Cap-Ferret tous les étés et continuerait de conseiller des types qui n'ont plus rien, dans l'optique de gagner sa vie et de ne pas finir comme ceux qui crachent leur âme visqueuse et déglinguée de l'autre côté de son bureau, assis sur une chaise moins confortable que la sienne, dans une vie moins confortable que la sienne. Une vie au goût d'endive bouillie, quand la sienne se rapprocherait de plus en plus de l'harmonie parfaite, de la quasi-symphonie d'un savagnin-comté ou d'un foie gras-sauternes.

L'eau chaude ruisselait sur son corps. C'était le moment où il passait en revue tout ce qui déconnait dans sa mécanique charnelle. Des douleurs au genou, au dos ou aux hanches, qu'il ignorait la plupart du temps, tant elles n'étaient rien à côté du voile noir qui bâillonnait son bien-être. Il traîna un peu, prisonnier du rideau fumant que dégageait l'eau brûlante. L'enceinte waterproof qu'il avait installée dans la cabine diffusait un morceau de Tower of Power. Le smooth jazz, c'était pour le soir. S'il s'aventurait entre les lignes de partitions de Miles Davis ou Chet Baker dès le matin, il ne décollerait pas de son salon et s'abrutirait à coups de whisky toute la journée, ce qu'il ne s'autorisait que tous les trois jours. Son mal de crâne lui rappelant avec insistance qu'il avait déjà fait ça la veille, il avait mis du funk. Il sortit enveloppé dans une serviette, passa un jean, un col roulé et une veste en tweed, jeta un coup d'œil dans le miroir en pied de l'entrée. « Un peu le look d'un agrégé de socio, mais ça va avec mes nouvelles fonctions… » Sa machine à café lui servit l'allongé de ses rêves, qu'il avala d'un trait avant de chausser son arme de service, d'enfiler un manteau et de dévaler les escaliers tout de guingois de son vieil immeuble.

À peine eut-il ouvert la porte qu'un courant d'air froid lui cingla le visage. Il l'avait prédit, le soleil brillait, mais le froid persistait. Ses volets étaient restés fermés, aujourd'hui. Il avait décidé de laisser dormir ses fantômes. Une journée en parfaite demi-teinte…

— Comment allez-vous, Philippe ?

— C'est fou comme il pue toujours autant votre bureau, toubib…

— Ne m'en parlez pas, je fais ce que je peux, mais il faut croire que c'est l'odeur rétrograde de la préfecture de police qui est tenace…

— Vous avez le droit de dire ça, vous ? lui rétorqua un Valmy plus taquin que d'habitude.

— J'ai beaucoup de chance, je pense que notre préfet de police ne sait même pas ce qu'est la psychologie, alors d'ici à ce qu'il ait connaissance de mon existence… Il aura eu le temps de détruire tous mes principes et de me faire démissionner, dit le psychiatre d'un ton enjoué qui tranchait avec des mots trop désabusés pour un visage aussi poupin.

Il enchaîna.

— Alors, prêt pour votre premier jour ?

— Si on veut… Ça va me changer de la PJ. Je vais devoir apprendre un nouveau boulot à cinquante-six ans, alors que je n'ai jamais réussi à faire le précédent correctement. Je vous avoue ne pas comprendre pourquoi vous avez pris cette décision… Je ne vous en veux pas, hein, vous deviez avoir vos raisons. Mais ça…

— Parce que la PJ vous aurait bouffé tout cru, Philippe. Parce que vous aviez besoin de vous sentir utile aux autres sans pour autant collectionner les cadavres. Et parce que vous avez refusé de diriger un commissariat. C'était ça, ou un job de bureau à la préfecture. Vous qui aimez l'humain, vous allez être servi. Mais vous savez bien que je n'ai pas le droit de parler de ça avec vous. Je risque déjà une réprimande, là. Parlez-moi plutôt d'eux. Ils sont toujours là ?

— Élodie, oui. Tous les matins. Parfois le soir…

— Et vous lui parlez ?

— Non, je ne suis pas fou non plus. Je la vois, simplement. Elle est là, et parfois je fais comme si elle existait. Pour me souvenir de ce que c'est que…

Valmy installa dans la pièce un silence que le psy s'autorisa à briser.

— Que quoi, Philippe ?

— Pour me souvenir que j'ai déjà été heureux. Alors, parfois, c'est difficile de se sortir de là, mais j'y arrive… La plupart du temps…

— Et ce matin ?

— Ce matin, je l'ai laissée dormir…

Le psy s'attendit que Valmy poursuive mais se cogna contre un mur. Un nouveau silence s'installa.

— Pourquoi, Philippe ?

La voix du psy sembla sortir Valmy d'un songe.

— Parce que j'espère la retrouver ce soir, mais que ça n'arrivera pas, Docteur. Ça vous va ? répondit-il sèchement.

— Ce qu'il faut savoir, c'est si ça *vous* va…

— Pour aujourd'hui, oui.
— Et l'autre fantôme ? Il revient, en ce moment ?
— Ça dépend. Moins souvent. Mais le soir, en m'endormant, j'ai des flashes de ce qui s'est passé au Cameroun…
— Ça vous empêche de dormir ?
— C'est toujours moins fort que les somnifères.
— Et quand son fantôme revient, il est comment ?
— Qu'est-ce que vous voulez dire ?
— Il se comporte comment ?
— Il ne bouge pas. Il me regarde, la plupart du temps. Le même regard que quand on jouait aux cartes. Le même regard que quand on a ouvert notre café… Enfin, quand il me regarde, c'est ce que je vois. Que rien ne change…
— Parce qu'il y a des moments où il ne vous regarde pas ?
— Oui…
— Et vous savez pourquoi il ne vous regarde pas ? Il vous en veut ?
— Non, c'est parce que ces fois-là, il vient sans sa tête…

En sortant de chez le psy, Valmy inspira une grande bouffée d'air. Il regarda sa montre. Onze heures. On l'attendait dans quatre heures pour sa prise de service. Il avait le temps de traverser Paris à pied. Il s'achèterait un sandwich sur le chemin. Il fallait marcher, faire disparaître les fantômes dans le creux de ses semelles. Pour l'instant, ils étaient là, devant ses yeux. Qui aurait cru que les Eiye le retrouveraient à Douala… Il avait deux cent quarante minutes pour oublier le corps décapité de

Sanagari, et sa tête, qu'il avait trouvée dans son lit un matin... Cela avait été le mort de plus, le mort de trop...

Comme d'habitude, les images devenaient floues à mesure qu'il battait le pavé. Les immeubles haussmanniens, le métro aérien du 13e arrondissement. Le quartier de la Butte-aux-Cailles... Cette ville qui s'étendait sous ses pieds, qui allait encore lui filer des ampoules, puisqu'il avait mis une paire de bottines Weston pour son premier jour. Cette ville, et les blessures qu'elle lui avait infligées, celles qu'elle lui infligerait, constituaient son unique salut. Arrivé à hauteur de l'immonde centre commercial Italie 2, comme toute personne normalement constituée, il l'évita soigneusement du regard. Il prit rapidement l'avenue des Gobelins en direction de la rue Monge. Il remonterait la rue Mouffetard, puis le Panthéon. Enfin, il traverserait la Seine. Ses pieds le brûlaient, il s'en foutait. Il ne savait même pas s'ils le brûlaient vraiment. Il ne savait plus rien. « Ma seule certitude, se dit-il, c'est que je mourrai ici... »

Il se surprit à penser : « Le plus vite possible... »

Tokyo, 2007

Tout bougeait autour de lui, fourmillait. Dès l'aéroport, il avait ressenti ce terrible vertige. Dès l'atterrissage, même. Son ventre nerveux s'était contracté, tirant un peu plus la peau diaphane qui le recouvrait. Ses yeux bleus avaient reçu le soleil en plein dans la cornée, lorsqu'il avait entrouvert le cache du hublot. Il était à peine arrivé que le pays lui faisait déjà des misères. C'était la première fois qu'il prenait l'avion. La première fois que ses oreilles se bouchaient à cause de l'altitude, la première fois qu'il goûtait le poulet en caoutchouc parfum métal d'Air France. La première fois, aussi, qu'il voyait se lever les passagers, qu'il les regardait attendre impatiemment que s'ouvrent les portes. Dans les films, il avait vu des hôtesses de l'air souriantes apporter des coupes de champagne à des businessmen en première classe. Lui, en éco, avait eu droit à un regard de reproche quand boucler sa ceinture pendant une série de turbulences lui avait pris une minute de trop. L'hôtesse avait aussi revêtu le masque de « t'abuses un peu, petit » quand il avait demandé un second jus d'orange. Il ne comprenait pas non plus comment son corps sec et son mètre soixante-deux avaient réussi à être aussi tordus pendant les quelques heures de sommeil qu'il avait pu dérober à sa peur de l'avion.

Il avait ensuite attendu sa valise sur le tapis roulant, un sac militaire sur lequel était cousu l'écusson de son club de ninjutsu. Il avait précieusement gardé, dans la poche de son jogging, le porte-monnaie rempli de yens que sa mère était allée changer dans un bureau des Champs-Élysées, « C'était une galère d'y aller depuis Gentilly… Qu'est-ce que je ne ferais pas pour toi, mon Ziggy… ». Elle avait joint à ses paroles un regard mi-aimant, mi-réprobateur que seuls savent offrir les parents fiers de leur progéniture. Il avait aussi gardé le petit papier sur lequel la femme de son maître, Cyril, avait griffonné quelques kanjis qui l'emmèneraient dans une jolie pension de famille tenue par sa cousine. Personne ne parlait sa langue, et la méthode Assimil qu'il trimballait dans sa poche de sweat ne l'aidait pas beaucoup. Il faisait froid, décembre avait abattu sa colère sur la capitale nippone.

Le chauffeur de taxi ne lui souriait pas. Lui non plus, ne souriait pas. Il contractait ses abdos, serrait et desserrait ses poings, accélérait le mouvement, déçu. Quinze heures de vol avaient eu raison de sa vélocité. Il devait s'entraîner. Il regardait avec envie l'écorce des arbres, rêvait d'y confronter ses phalanges. Autour de lui, plus de voitures, des immeubles plus hauts, des néons aux couleurs plus vives. Mais il s'en foutait, Ziggy. Parce qu'il ne pensait qu'à s'entraîner, qu'à confronter ses mains calleuses aux cerisiers du Japon et au froid de Tokyo. Il ne manquait pourtant pas de poésie, d'habitude. Il aimait bien regarder bruisser les feuilles le dimanche matin. Mais tout son être ne pensait qu'à ses phalanges, à ses abdos, à sa rapidité. Il fallait être prêt. À quatorze ans, il était le premier *gaijin* à tenter le coup. Il aimait bien se dire *gaijin*. Quand on lui avait appris que ça voulait dire « étranger », il s'était approprié ce mot. C'est comme ça qu'ils l'appelleraient. *Gaijin*. Encore fallait-il qu'ils l'acceptent… Il allait saigner, mettre son corps à rude épreuve, se battre contre de nouveaux adversaires et contre le décalage horaire. Prendre un train de nuit, voyager encore cinq cents kilomètres. Rester debout. Ils l'attendaient de pied ferme, il devait être à la hauteur…

– 2 –

Les mains de Victor agrippaient le volant aussi fort qu'on se raccroche à une vie qui ne vaut plus rien. Il respirait comme il le faisait lors de ses séances de course à pied, pour faire redescendre son rythme cardiaque. Ses cheveux lui tombaient devant les yeux. Depuis qu'Antoine, son chef de groupe, était parti dans la pampa, à quelques foulées de galop de Córdoba, pour apprendre à monter à cheval auprès des meilleurs cavaliers argentins – une lubie qui l'avait pris après le visionnage, d'abord distrait, d'un formidable numéro de « Des racines et des ailes »… Bref, depuis quelques semaines, Victor n'avait pas pris le temps d'aller chez le coiffeur. Son chef de groupe avait posé trente jours de congé consécutifs, l'équivalent d'un gros mois, le maximum autorisé par l'administration. Lui, après seulement un an et demi dans le groupe, s'était retrouvé calife à la place du calife. Bien sûr, cela lui était déjà arrivé – Antoine, le service public pourtant chevillé au corps, s'était déjà aventuré à prendre un ou deux jours de congé réglementaires. Seulement, là, ça « dérouillait ». Selon le jargon propre à la Crim', le moment tant redouté par Victor était donc arrivé, son groupe était de permanence, et ils avaient un macchabée sur les bras.

Il allait par conséquent devoir prendre les choses en main. Par un improbable jeu de chaises musicales, le groupe qui allait travailler sur ce dossier avait environ trente-cinq ans de moyenne d'âge !

Jean, le procédurier, avait pris une retraite bien méritée, troquant ses santiags contre des charentaises, ses clopes Vogue contre une pipe et son rock'n'roll contre du jazz. Il avait abandonné le look Black Sabbath sur le retour, si l'on en croyait sa dernière apparition au 36 à l'occasion de l'obscur pot de départ d'un type pas très sympa dont le seul intérêt pour lui était de retrouver les murs du Bastion, ainsi que le pain-surprise suédois que, contrairement au roi de la fête, tout le monde adorait. Jean, donc, avait troqué ses fonctions de procédurier en chef pour une petite entreprise de lampes artisanales – au demeurant très réussies. Philippe Valmy, pour ce qu'en savait Victor, noyait sa déprime dans un appartement devenu trop grand pour lui, et son chef jouait les Omar Sharif version Lawrence d'Arabie. Lui, Victor Queffelec, capitaine de police à peine en âge de se lever avec des courbatures, allait devoir mener un manège dont il n'avait été le passager qu'à quelques reprises. Et qui plus est, avec sur le crâne une tignasse qui aurait fait pâlir d'envie n'importe quel chameau.

Allez, tu peux le faire. Sois cool. Tout va bien se passer. Oui, tu vas devoir donner des ordres à ton ex.

Et alors ? Il l'a bien cherché, non ? Tu pourrais même te venger un peu... Non, merde, Victor. Sois pro...

Une vibration de téléphone, menaçante par les circonstances, le sortit de ses pensées. Edwige.

— Bon, Victor, tu rappliques ?

— Oui, je suis à deux minutes…

— Tu te souviens que le nouveau chef de service arrive aujourd'hui ?

La gorge de Victor se noua un peu plus.

— Oui, et…

— Et elle a décidé de se rendre sur la scène de crime. Elle vient d'arriver…

— Elle ?

— Rapplique, tu ne vas pas être déçu…

Victor parcourut les deux rues qui le séparaient de la place de la Concorde sirène hurlante – toujours faire semblant de s'être pressé, et ce, même si on a fait un arrêt crise d'angoisse en route. Devant l'hôtel Crillon, des gyrophares tournaient sans but, des badauds se bousculaient pour voir une goutte d'hémoglobine, et des flics marchaient du pas pressé de ceux qui n'ont pas le temps de répondre à la moindre question. Ballet habituel. Dos à l'entrée, une petite silhouette semblait flotter dans un gilet siglé Police judiciaire. Lorsque Victor s'approcha, elle fit volte-face, comme dans un mauvais film.

— Ah ! Queffelec, on ne vous attendait plus. Edwige est déjà prête à faire les constats, votre groupe vous attend, ce à quoi j'avais renoncé il y a quelques secondes…

La réplique assurée de la jeune commissaire ne trouva d'écho que dans la bouche bée de Victor, au fond de laquelle elle se perdit pour aller resserrer le nœud qui, déjà, lui entaillait l'estomac.

Il faut dire que s'il avait naïvement pensé, au volant de sa Golf de service, que les effectifs de la Crim' sur place allaient avoir trente-cinq ans de moyenne d'âge, c'était sans compter la présence d'Alice Quinet qui, grade de commissaire sur la poitrine, faisait drastiquement chuter la moyenne. Sa voix discrète, chargée de l'autorité propre à sa fonction, perturbait encore plus les capteurs du flic, pour qui plus rien n'allait dans le bon sens. Fine comme son timbre, la nouvelle cheffe de la Brigade criminelle enchaîna sans plus vouloir attendre une réponse qui ne viendrait jamais.

— Eh bien, mon cher. Vous avez vu un fantôme ? Bon, je vous fais un topo avant que vous ne rejoigniez votre groupe. La victime s'appelle Masakatsu Morita, on l'a retrouvé dans sa chambre d'hôtel, éventré. D'après les collègues, ça ressemble à un suicide.

— Vous êtes montée voir ? répondit Victor, redevenu professionnel.

La commissaire eut un regard gêné, qu'elle cacha plus vite que l'éclair.

— Pas encore, je me disais que j'allais vous attendre…

Victor comprit très vite que, si son expérience en la matière était maigre, celle de sa nouvelle patronne était rachitique. Il choisit donc d'appliquer à la lettre la constitution du royaume des aveugles, et, d'un œil solitaire mais fier, se proclama roi de cette scène de crime.

— Je vais monter voir mon groupe, les briefer et je vous fais un topo dans dix minutes. Venez avec moi voir le corps, si ça ne vous fait rien, dit-il, dissimulant mal sa malice. J'aurais besoin d'un regard neuf.

Edwige, Hakim, Julien et Aline attendaient, combinaison sur le dos, dans le hall de l'hôtel. Ils montèrent vers la chambre de Morita dans un silence qui allait comme un gant à l'ascenseur feutré du Crillon, parcoururent le long couloir, assistant par là même à ce miracle des moquettes épaisses qui parviennent à vous chatouiller les pieds à travers les semelles de chaussures. Une porte était ouverte, de laquelle s'échappaient les flashes de l'identité judiciaire. Alice Quinet ralentissait d'une manière qu'elle voulait imperceptible. Elle ne serait pas la première à voir le corps, c'était trop. Il fallait que ses hommes fassent bouclier. Au dernier moment, elle se décida à mériter son grade et son salaire et, d'un léger coup d'épaule, entra la première dans la pièce, talonnée par Victor. La première chose qu'ils virent fut l'uniforme du collègue de Police-secours, éternel primo-arrivant sur les lieux. Lorsqu'il s'écarta, les oreilles des six flics bourdonnèrent. La claque fut aussi forte que leur expérience était peau de chagrin.

Le corps gisait sur le ventre, transpercé par la lame d'un petit poignard dont l'extrémité luisait au niveau des reins, à la faveur d'un rai de soleil qui cherchait à les narguer. Une mare de sang et d'intestins s'était répandue autour d'une chemise qui, dans une autre vie, avait dû être blanche. Le visage, dont la joue gauche était posée sur le sol, était crispé dans une grimace de douleur. La chambre était parfaitement rangée, le lit impeccable, comme si personne ne s'y était assis depuis le passage de la femme de chambre. La moquette ivoire, épaisse comme un nuage, était constellée de taches marronnasses. Une odeur de viande pourrie et d'excréments faisait tomber toutes les barrières de baume du Tigre qu'avaient dressées sous leurs nez les enquêteurs. Pourtant, quelque chose de feutré continuait paradoxalement de se dégager de la scène : si on ne regardait que le lit, par exemple, on était pris d'une irrépressible envie de s'y jeter pour une interminable sieste. L'ignominie du tableau qui se jouait devant eux semblait perdre une bataille face à la volupté du décor, créant chez les flics une dissonance cognitive qu'aucun n'oserait jamais avouer.

Edwige s'assura auprès du photographe qu'il avait fini son travail et s'agenouilla auprès du corps pour commencer à décrire la scène dans son Dictaphone. Le flic de Police-secours parlait d'une voix que les inconscients de Quinet et de Queffelec étouffaient, se faisant le dernier rempart contre l'horreur. Seuls Hakim, Julien et Aline, plus aguerris, avaient entendu le récit de leur collègue, pressé de quitter les lieux, et d'aller laver à grandes eaux, et en vain, les odeurs de mort qui souillaient son uniforme : son équipage et lui avaient été appelés par une femme de chambre deux heures auparavant. Cette dernière se trouvait dans le hall, tremblant encore comme une feuille. Un médecin qui passait la nuit dans l'hôtel lui avait administré un sédatif.

Un jeune flic de l'identité judiciaire s'approcha de Victor – défiant par là même l'autorité que les feuilles de chêne cousues sur sa poitrine conféraient à Alice Quinet.

— Salut, Victor, on n'a pas grand-chose. Deux lettres écrites en japonais, dont une posée à côté de deux verres de whisky et d'une bouteille à moitié pleine (le flic de l'IJ était encore jeune, donc optimiste). Le seul truc intéressant, c'est une paluche sur un accoudoir. Il faut qu'on regarde ça de plus près au service, mais le doigt m'a l'air un peu plus gros que ceux de la victime. En revanche, on a tout passé au peigne fin : c'était bien fermé de l'intérieur quand la femme de chambre est entrée, et il n'y avait pas d'autre issue ouverte. Donc, à moins que la jeune fille toute tremblante qui se trouve dans le hall soit un redoutable tueur à gages, il s'est fait ça tout seul comme un grand…

— OK, merci. Bon, Julien et Aline, vous me faites une enquête de voisinage dans tout l'hôtel. Hakim, tu vas faire le tour des collègues en faction autour de l'ambassade des États-Unis, c'est le seul bâtiment d'où on voit les portes du Crillon… On ne sait jamais si l'un d'entre eux a vu quelque chose de bizarre. Edwige, tu finis les constats. Moi, j'appelle les pompes funèbres.

Alice Quinet n'osait pas entrer, bien obligée de reconnaître qu'elle apprenait un nouveau métier, et que Victor ne s'en sortait pas trop mal.

— Madame, si ça ne vous dérange pas d'appeler le parquet pour savoir si on est saisis ou pas, et si c'est le cas, dans quel cadre juridique on enquête. Parce que je ne comprends pas trop pourquoi on a été appelés pour un suicide…

À la grande surprise de toute la pièce, la commissaire s'exécuta. Lorsque la permanence de l'état-major lui avait demandé de dépêcher ses effectifs sur place, la question n'avait même pas effleuré son esprit. Victor était devenu le chef d'orchestre et, bien qu'il en ait été le premier surpris, personne ne contestait son autorité.

Hakim se tenait sur le perron de l'hôtel. Même avec sa récente promotion au grade de brigadier-chef, il tenait sans doute là l'une des seules occasions qu'il aurait de fréquenter un tel établissement. Il laissa quelques secondes le soleil matinal se déposer sur sa peau hâlée, dans l'espoir que ses rayons fassent disparaître les images atroces auxquelles il avait été confronté sitôt son premier café avalé. Hélios, dont la mansuétude n'était pas la première des qualités (souvenons-nous de ses facéties avec la pointe du poignard), n'en fit rien. Le flic ne ressentit donc qu'un agréable point de chaleur sur le bout de son nez. La circulation sur la place de la Concorde avait été partiellement bloquée, et Hakim, grand amateur des défilés du 14-Juillet, avait décidé de profiter de l'absence de voitures sur cette place historique. Il avançait doucement – quelques secondes volées à son enquête de voisinage ne seraient pas un drame… Il admit pour lui que c'était surtout pour digérer les récents changements de direction qu'il voulait s'offrir ce vent de répit. Alors, il marcha, fier, le long de la place, son chemin toujours tracé par le soleil. Soudain, il sursauta de douleur. « Merde ! Je savais que j'aurais dû aller chez le cordonnier… » Quelque chose avait traversé sa combinaison et la semelle trouée de ses chaussures pour venir lui piquer la plante des pieds.

Il s'agenouilla, effrayé. Puis, l'effroi laissa place à une légère euphorie. Le coupable de l'agression de son pied n'était ni une seringue ni même un bout de verre. C'était le bout du circuit d'une clé USB. Il se retourna pour s'apercevoir que la chambre de Morita donnait sur la rue, et que la clé était dans la trajectoire de sa fenêtre. Il ramassa à la hâte les débris, qu'il fourra dans un sac à scellés avant de se précipiter vers l'hôtel. Son pas n'avait rien perdu de sa superbe, mais son regard désespéré avait laissé place à celui du chercheur d'or victorieux.

– 3 –

Du plus loin qu'il s'en souvienne, Philippe Valmy n'avait jamais porté d'uniforme. Jusqu'à ce jour. Un énorme colis l'attendait sur son bureau défraîchi de la porte de la Villette. Mollement, il en arracha le Scotch pour découvrir un tas de vêtements, chacun emballé dans un sachet plastique. Au-dessus, une feuille remplie de codes administratifs incompréhensibles lui indiquait qu'il faisait du XL et que, désormais, trois polos, deux pantalons, une casquette et d'autres effets siglés « Police » lui appartiendraient. Il déballa l'un de ses polos avec, pour se convaincre, l'enthousiasme du gendre blasé découvrant une paire de chaussettes glissée sous le sapin par une belle-mère faisant semblant de l'apprécier.

Alors qu'il dépliait le haut de sa tenue de service, un *toc-toc* furtif vint faire vibrer le bois vermoulu de la porte. Une tête qui avait le bon goût de ne se trouver qu'à un mètre soixante du sol apparut dans l'embrasure.

Serge, major de police et nouvel adjoint de Valmy, jeta par-dessus ses lunettes rafistolées un regard plein de malice. Tandis que son nouveau chef lui faisait signe d'entrer, il traîna sa silhouette voûtée et ses rangers hors d'âge jusqu'au milieu de la pièce, adressant en même temps à Valmy un sourire dans lequel la vie avait creusé quelques trous.

— Vous vous en sortez, commandant ?

S'il devait exister une frontière entre le patois auvergnat et l'accent titi parisien, la voix du major en serait la gardienne. Valmy arqua un sourcil sur un œil turquoise et surpris.

— Je pense que les seuls qui m'aient jamais appelé « commandant », c'est l'IGPN. Donc, si ça ne t'ennuie pas de ravaler salamalecs et autres vouvoiements… Si j'ai bien compris, t'es mon adjoint, donc on va passer pas mal de temps dans cette taule tous les deux.

— Alors, oui et non. Votre… pardon, « ton » prédécesseur avait une conception très vague de la notion de boulot, donc il me laissait gérer la boutique.

— Et personne ne lui disait rien ?

— Bienvenue à la BAPSA…

— Qu'est-ce que tu veux dire ?

— Eh bien que, comme notre nom l'indique, nous sommes la Brigade d'assistance aux personnes sans-abri. Nous faisons donc un travail qui se situe aux antipodes d'une enquête de Maigret, auprès d'une population dont tout le monde se fout déjà. Pour résumer, quand c'est la Croix-Rouge qui s'en occupe, ça n'émeut déjà pas grand monde en dehors de Noël, alors quand ce sont des salauds de flics… L'avantage, c'est qu'on a une paix royale. L'inconvénient, c'est que nos voitures ont trois cent mille bornes au compteur, qu'on a un ordinateur pour quinze et qu'un soir sur deux, il n'y a pas de soupe à distribuer parce que la préfecture oublie de nous l'envoyer… En gros, tu es dans le cimetière des ombres. Un service où viennent se faire oublier ceux qu'on n'a jamais vraiment remarqués avant. Évidemment, tu fais figure d'exception…

— Si personne ne s'intéresse à nous, je suppose qu'on peut boire un coup avant le service… dit Valmy en lui désignant un fauteuil.

— C'est même recommandé, si tu veux mon avis. Attends, je vais chercher des munitions.

Le major revint quelques secondes plus tard avec deux bouteilles de bière. La carrière de Valmy prenait un nouveau virage. Et pour une fois, il souriait. D'aucuns diraient qu'il avait été traversé par le souffle de vie qu'anime soudain ceux qui décident d'aider leur prochain pour se sauver d'une chute inévitable.

— Donc, si je résume, l'administration se balance de notre cas, on n'a aucun moyen et on doit remplir une mission pour laquelle on n'est pas formés…

— Alors non, tu n'as pas tout à fait raison. On a une formation. J'ai un Powerpoint à te montrer. Une dizaine de diapositives qui t'expliquent qu'il ne faut pas parler charges de copro avec quelqu'un qui n'a pas de toit. Ça te botte ?

— Je pense que je vais m'en passer, au moins pour aujourd'hui. Ça fait longtemps que t'es dans le service ?

— Vingt-cinq ans, et trente ans de police. Je connais la rue comme ma poche. Pas la même que toi, bien sûr… Mais elle est tout aussi fascinante, tu verras.

Valmy en était à sa première gorgée de bière quand Serge, lui, s'en ouvrait une seconde.

— Et comment tu as atterri ici ? demanda Valmy en posant plus qu'il ne le voulut les yeux sur la bouteille vide.

— Toi, tu te poses la question de l'œuf ou du poulet… Je suis arrivé ici par vocation, figure-toi. Il m'a fallu environ deux mois de police pour me rendre compte que je ne servirais à rien en courant après les bandits. J'ai toujours aimé l'humain, et les humains m'ont toujours bien aimé. Alors j'ai demandé ma mutation ici. Figure-toi que quand j'ai envoyé mon rapport, le bureau administratif m'a appelé pour être sûr qu'il n'y avait pas d'erreur. La plupart des mecs qu'on envoie ici le sont pour des raisons disciplinaires. Et pour ce qui est de ma consommation d'alcool, je te propose de passer vingt-cinq ans à te faire cracher dessus alors que tu cherches à aider parce que t'as le malheur d'avoir « POLICE » écrit dans le dos, et on en reparle. Le mal-être dans la police, chez moi, il est égotique, mon pote.

Valmy n'arrivait pas à effacer le sourire que lui inspirait la gouaille de son adjoint ; il parlait de ses malheurs avec la légèreté de ceux sur qui tout finit par glisser. Il l'enviait, ce major sympathique qui trouvait assez de sens à son métier pour que chacun de ses mouvements ne semble pas constamment accompagné de la complainte d'un violon. Valmy enchaîna.

— Et niveau effectifs ? On est comment ?

— À poil, mon commandant. Ce soir, on est quatre. On a un fourgon qui fait les transports vers les centres d'hébergement et la distribution des denrées, dans lequel il y a deux gardiens de la paix. Et une bagnole, la nôtre. Je vais te faire visiter mon Paris. Ça va te changer des nuits chaudes de la capitale, je te le dis…

À chaque coup de frein de Serge, la voiture banalisée semblait hurler qu'elle voulait qu'on l'emmène au contrôle technique. Valmy, écœuré par les effluves du cigarillo de son adjoint – qui cumulait décidément les clichés –, tenta d'ouvrir la fenêtre, qui lui répondit, en lui laissant dans la main la manivelle en plastique, qu'il fallait qu'il s'habitue à l'odeur de PMU qui régnait dans l'habitacle. Le major parlait, étouffé par la fumée et le petit stick marron greffé à la commissure de ses lèvres.

— Je suppose que tu connais la colline du crack. Toutes les tentes qui sont plantées ici appartiennent à des toxicos ou des personnes exilées. On a déjà essayé d'y entrer, mais c'est trop dangereux, pour être tout à fait honnête. Même les collègues de la BAC n'y vont pas à moins de dix, c'est devenu implanquable. Une véritable zone de non-droit, où la came est partout et sur laquelle on n'a plus aucune prise.

Valmy regardait l'amoncellement de demeures de fortune sous les géants de béton qu'étaient le périphérique et l'autoroute A1. Une ombre décharnée se détachait parfois entre deux toiles à la faveur des phares d'une voiture ou d'un feu de camp allumé à la va-vite. Une nouvelle fois, il se sentit insignifiant. Ses drames, sa misère, sa déprime… il était un humain de chair et de sang, comme ces spectres anonymes qui peuplaient la colline et que même les plus braves avaient renoncé à sauver. Chaque bouffée d'air devenait pour lui une victoire sur le destin, un cadeau qu'il ne devait plus ignorer. La voix de Serge le ramena à la réalité.

— De toute façon, ça sera toujours la même chose. Un mec du conseil municipal ou de je-ne-sais-pas-quoi va passer devant en allant à l'aéroport, il va être outré de ce bidonville en plein Paris, va s'en ouvrir au préfet, qui va envoyer des CRS pour faire en sorte que le bidonville ne soit plus en plein Paris. Et puis ça fera plaisir à tout le monde, parce que toute cette misère humaine sera repoussée derrière le périphérique et pas en dessous, où les pauvres et les tox ont pour le moment l'outrecuidance de se réfugier pour mourir…

Valmy ne répondit pas. Les mots faisaient leur chemin, il les comprenait, les enregistrait, mais ne parvenait pas à articuler la moindre phrase. Son rapport à cette misère allait changer. Ces pauvres hères, ces corps malades, addicts : il devait leur tendre la main. L'odeur de cigarillo ne l'écœurait maintenant plus autant. Serge enchaîna.

— Mais rien ne changera, même si tout ça prend ses quartiers dans le 9-3. Des gamines se feront violer, des enfants prendront des shoots de crack et des connards de dealers continueront à vendre leur came, parce que sinon le système s'effondre. Bienvenue à la BAPSA, mon pote. On regarde le monde s'écrouler sans même avoir les moyens de faire semblant de lutter. Allez, je t'emmène rencontrer des habitués…

Le seul phare en état de marche de la voiture éclairait les allées du bois de Vincennes, bordées de camionnettes que Philippe connaissait bien. Serge s'enfonça un peu plus dans le bois, jusqu'à un parking désert. Il coupa le moteur. « Allez, patron, on va se dégourdir les jambes. »

À la lueur de leurs lampes torches, les deux flics progressaient à travers les bois. Par réflexe, Valmy avait posé la main sur son arme, ce qui amusa Serge qui, lui, gardait sa main libre dans la poche de son jean. Au bout de quelques mètres au milieu des branchages, ils virent une lumière orangée qui caressait le sol et se répandait sur les troncs. Petit à petit, des rires se firent entendre. Plus ils progressaient, plus les éclats étaient forts, couvrant quelques timides notes de guitare. Une odeur de viande grillée venait chatouiller leurs narines. Elle émanait d'un brasero autour duquel une dizaine de personnes étaient rassemblées, entourées par quelques tentes et du linge qui séchait. Serge s'approcha et serra la main de chacun d'entre eux, talonné par Valmy qui l'imita. Quelques chiens s'étaient mis à aboyer, aussitôt rabroués par leurs maîtres. De grandes gorgées de bière en cannette faisaient glisser les saucisses que ces femmes et ces hommes sans âge mangeaient avec appétit. Un bruit étouffé, sec et régulier attira l'attention de Valmy. En se concentrant, il parvint à identifier d'où il venait. Pensant surprendre un pivert asthmatique au travail, il éclaira les arbres du faisceau de sa lampe torche et se retrouva en face d'un homme qui assénait aux arbres de violents coups de poing, ignorant copieusement le projecteur de fortune braqué sur lui. Serge s'approcha de son chef et susurra « Lui, c'est Ziggy… Pose pas de questions, je t'expliquerai… ».

– 4 –

Le 36, rue de Bastion bruissait d'une rumeur inhabituelle. Des murmures s'échappaient des bureaux, confidences à mi-voix que se faisaient les enquêteurs. Au fil du pas – moins assuré qu'on ne l'aurait imaginé – d'Alice Quinet, les bruits, déjà légers, disparaissaient dans un abîme de malaise. C'était la petite commissaire arriviste de la DGSI, celle qui avait piétiné sans vergogne l'enquête du groupe d'Antoine (qui restait, dans la tête de tous, le groupe Valmy). « Qu'est-ce qu'elle fout là ? » était la question qui revenait en boucle autour des machines à café, points de jonction entre toutes les humeurs qui peuplaient chaque open space. Un flic plus avisé qu'un autre répondait : « C'est la nouvelle patronne, il paraît que c'est Graziani qui l'a choisie… » Un vieux de la vieille que plus rien ne semblait surprendre à part le manque de motivation des jeunes rétorquait, goguenard : « En même temps, vu comme elle a réussi à l'embrouiller dans l'affaire des Nigérians, Graziani avait le choix entre s'en faire une ennemie ou la recruter à son service. C'est pas si con… » « En tout cas, je ne sais pas si elle est compétente, mais elle a des arguments, la petite commissaire », disait le mec – il en existe toujours un dans un groupe qu'on a envie de balancer par la fenêtre, tant la finesse de ses remarques est inversement proportionnelle à ses qualités professionnelles.

C'est dans cette ambiance qu'Alice traversait pour la seconde fois les couloirs de la Brigade criminelle, le regard fier, le cou altier, le talon militaire. Elle avait l'attitude de ceux qui arrivent en pays conquis par autrui. Ceux qui ne méritent pas leurs honneurs, qui chaussent du 37 et à qui on présente des savates en 45. Bref, elle était l'une des plus jeunes commissaires à prendre un poste à la Brigade criminelle, et certainement la première à débarquer d'un service de renseignement intérieur qui, un an plus tôt, la leur faisait à l'envers, poussant à la mutation et à la retraite deux de ses membres les plus aguerris. Son visage encore poupin et ses lunettes en écaille lui donnaient l'air d'une étudiante dont le séant portait encore la marque des bancs d'amphithéâtres. Derrière les carreaux épais, derrière les lèvres douces et les cheveux soyeux avait pourtant élu domicile un regard dont la dureté n'avait plus à être éprouvée. Deux yeux déterminés à ne pas se laisser emmerder faisaient taire l'insondable brouhaha des super-flics de la Crim', qui se comportaient en cet instant comme des collégiens prêts à en faire baver à la petite nouvelle aux socquettes impeccables.

Et comme n'importe quelle petite nouvelle qui se respecte, Alice savait qu'il fallait couper l'herbe sous le pied de ses détracteurs. C'est ainsi que chaque limier de la brigade reçut, sur sa boîte mail, une convocation dix minutes plus tard en salle de briefing. Le flic étant moqueur, parfois mauvaise langue, mais par-dessus tout discipliné, la totalité des effectifs de la Crim' arriva à l'heure. Alice fendit la foule jusqu'au pupitre. Elle se souvint de toutes les fois où elle avait eu le trac. De ce spectacle de CE2 où elle jouait un réveil qui ne voulait pas sonner, à sa soutenance de Master, ou cette réunion face au président de la République, pendant laquelle elle devait « dérouler » un dossier dont elle n'avait qu'une connaissance parcellaire. Ses jambes avançaient sans qu'elle sache trop comment. Elle les sentait molles, flasques. Elle s'efforçait de ne pas serrer les poings. Paraître en maîtrise totale de la situation. Si elle avait prononcé le moindre mot entre la porte et le podium, il se serait perdu dans les abysses de sa voix, mangé par le stress, étouffé par sa gorge nouée par un marin d'expérience.

Alice Quinet avait un filet de voix fluet, apaisant au demeurant, mais pas autoritaire pour deux sous. Elle connaissait ses faiblesses. Et des fois qu'elle les ait oubliées, les hommes n'avaient eu de cesse de les lui rappeler depuis qu'elle avait reçu sa carte de flic. Grâce à eux, elle connaissait aussi sa force. Elle avait toujours eu à prouver deux fois plus que ceux qui savaient placer leurs voix et leurs CV au bon moment. Elle avait appris à briller par une connaissance pointue de son travail et un aplomb qui glaçait le sang à celui qui pensait ne faire qu'une bouchée de la petite commissaire blondinette. Elle n'était pas la petite commissaire blondinette. Elle était la nouvelle cheffe de la Brigade criminelle, et cela ne devait faire aucun doute.

Personne ne capture un moment de grâce. Fugace, il se saisit de celle ou celui qui ne semblait pourtant pas destiné à être son élu. Par exemple, dans une salle pleine de flics à grande gueule, il choisissait de se poser sur l'épaule de la nouvelle patronne que tout le monde voulait déboulonner, pour lui souffler à l'oreille d'imperceptibles encouragements qui la porteraient aux nues, rabattant le caquet de tous ceux qui n'attendaient qu'une chute vertigineuse. Cela aurait été idéal pour Alice Quinet. Malheureusement, elle ne pouvait compter que sur elle. Son moment de grâce était au fond de la salle, il fumait des clopes, adossé au mur, prêt à la regarder choir.

— Mesdames, Messieurs…

Les premières syllabes étaient étranglées. Toussotement. Ça commençait mal…

— Je serai brève, les longs discours m'ont toujours emmerdée, et nous n'avons pas que cela à faire. Vous avez tous de moi un souvenir désagréable. Soit.

Le moment de grâce avait écrasé sa tige, il était finalement venu au secours d'Alice.

— Je tiens simplement à vous dire que c'est un honneur de prendre la tête de cette section de la Brigade criminelle. Un honneur duquel j'entends être digne. Comme vous l'avez remarqué lors de mon passage à la DGSI, je me suis donné comme consigne de ne jamais rien lâcher. Ni mes effectifs ni mes dossiers. Je ne suis pas là pour vous convaincre, je n'en ai pas besoin. Si les commissaires étaient nommés au suffrage universel, bon nombre d'entre nous seraient aujourd'hui au chômage technique. (Quelques rires narquois s'échappèrent de l'assemblée.) En revanche, Mesdames, Messieurs, sachez que vous avez besoin de ma confiance comme moi de la vôtre. Et que la gravité des dossiers qui nous incombent ne permet ni enfantillages ni détours. Que ce soit dans votre façon de vous adresser à moi ou dans ma façon de gérer cette brigade. Comptez sur moi pour que cela soit respecté. La porte de mon bureau vous est toujours ouverte, et ce n'est pas une façon de parler. Je serai ravie de vous démontrer toute l'étendue de ma compétence. En revanche, pour ce qui est du reste de mes arguments, monsieur Mancuso, je vous prie de bien vouloir les laisser où ils sont, c'est-à-dire à l'abri de vos remarques. (L'ensemble des flics riait franchement. C'était toujours jouissif de voir un collègue un peu con remis à sa place.) Sur un plan plus opérationnel, je voudrais voir le groupe Belfond dans mon bureau pour un point sur la saisine de ce matin… En début d'après-midi, le temps que vous mettiez à jour la procédure. Capitaine Queffelec, c'est bon pour vous ?

Victor et le reste du groupe hochèrent docilement la tête. On ne disait pas non à la patronne.

– 5 –

Alice n'avait pas pris le temps de déballer ses affaires. Immense terrain de bois vernis sur lequel sa souris et son clavier se sentaient seuls. Pas de dossier qui dégueule, pas même un petit stylo qui traîne. À part une photo au grain épais sur laquelle une petite fille offrait à un quadragénaire un sourire sponsorisé par la Petite Souris, rien. C'est donc tout naturellement que le regard de Victor se posa sur les couleurs pastel du cliché, d'où s'échappait un vent des années quatre-vingt-dix, insouciance post-Trente Glorieuses que balaierait avec fracas le 11 septembre 2001. Le regard du flic s'attendrit devant les mains épaisses de cet homme qui tenaient fermement une gamine édentée aux yeux rieurs pétillants comme un diabolo trop sucré. Il avait du mal à se dire que cette gosse était la jeune femme au regard strict qui se tenait derrière ce bureau vide.

La nouvelle cheffe de la Crim' surprit le regard de fouine curieuse de son subordonné et le fixa jusqu'à ce qu'il laisse s'échapper sa rêverie.

— Si je comprends bien, on totalise à nous cinq autant d'années de police que chaque ancien du groupe. Qu'à cela ne tienne, on va faire avec. Hakim, je me tourne vers vous, puisqu'avec vos six années de Crim', vous faites office de vétéran : on est souvent saisis pour des suicides ?

Le flic prit une grande inspiration, qui ne l'empêcha pas de triturer ses mains comme s'il cherchait à dénouer son stress. On ne lui avait jamais posé, depuis six ans, que des questions qui couvraient son domaine d'expertise. Là, il allait devoir livrer une analyse basée sur un ressenti. Et c'est bien le problème des ressentis : ils obligent à se poser des questions. Et trouver la réponse à cette question l'obligeait à bouffer une énergie qu'il allait puiser dans la force de son timbre. Il répondit donc à mi-voix.

— Non, madame. Mais ce suicide-là, il ressemble pas à ceux qu'on connaît… Là, c'est dans un grand hôtel, avec un *modus operandi* que personne ne maîtrise vraiment. Donc forcément, ça va être un peu plus difficile qu'avec un pendu de savoir si on l'a suicidé ou s'il a fait ça tout seul comme un grand.

— Oui, enfin bon, la porte était fermée de l'intérieur. Les fenêtres aussi. Y a aucun doute.

Edwige, sentant que Hakim avait épuisé son quota de décibels, prit le relais.

— Du peu d'années de police que j'ai, je peux vous dire qu'il n'y a dans les fausses pistes que des évidences. Premièrement, il faut attendre les résultats de l'autopsie, ensuite le retour de l'Identité judiciaire sur les empreintes. On va aussi regarder les vidéosurveillances de l'hôtel et répondre à une question qui nous taraude depuis ce matin : est-ce que c'est un hasard, si on a trouvé une clé USB fracassée juste en dessous des fenêtres de ce monsieur… (Elle prit une seconde pour déchiffrer le nom sur son carnet)… Masakatsu Morita.

Devant le groupe disparate qui se tenait devant elle, Alice Quinet ne tenta plus de dissimuler son regard aux abois.

— Pour l'instant, c'est un suicide. Mais je reçois des SMS de partout. Ce monsieur Morita inquiète pas mal la hiérarchie. Et je ne vous parle pas du parquet, qui me demande de mettre en place un dispositif gigantesque, du genre « traque de Guy Georges ». Je n'en ai pas envie, pour deux raisons. D'abord, parce que je suis la cheffe de section, donc je prends les décisions qui s'imposent à moi, et pas celles que l'on me demande de prendre. Ensuite, parce que j'ai envie de vous faire confiance. Donc, vous grattez pendant quarante-huit heures. Edwige, vous allez à l'autopsie. J'ai poussé pour qu'elle soit faite en urgence, et figurez-vous que je n'ai pas eu de mal. Victor, vous me faites signe si je vous marche sur les pieds, hein…

Queffelec adressa à la jeune commissaire un regard mi-amusé mi-gêné.

— OK, très bien. Je vous laisse vous adresser à vos troupes.

Victor prit sa timidité, la roula en boule et la lança en une trajectoire parfaite dans la corbeille en cuir de sa nouvelle N+1, comme aurait dit ce mec sorti d'école de commerce avec qui il a passé son rencard le plus rasoir depuis longtemps.

— Edwige, autopsie cet après-midi, ça, c'est acté. Aline sur la vidéosurveillance de l'hôtel, Hakim la téléphonie. Julien et moi, on va aller voir Dicton. Apparemment il a déjà sorti quelques trucs.

Les genoux de Victor le lâchèrent. Pour sa première affaire en tant que chef de groupe, il avait réussi le tour de force de prendre une décision désastreuse à la fois pour sa vie personnelle et professionnelle. Julien, silencieux depuis le début du briefing, intervint.

— Ça ne t'ennuie pas si je fais les vidéos, plutôt ?

Comme tout jeune chef qui a du mal à asseoir son autorité, Victor se comporta alors comme un fieffé con.

— Non, on fait comme je le demande.

Une chape de plomb tomba dans le bureau d'Alice Quinet, chape de plomb qui écrasa Julien et Victor jusqu'à l'ascenseur, et qui, malgré la limite d'une tonne imposée par Otis, réussit à se frayer un chemin avec eux dans la construction mécanique.

Les couloirs de l'Identité judiciaire fourmillaient de flics en blouse blanche qui transportaient d'une pièce à l'autre vêtements maculés de sang, téléphones cellulaires, fiches anthropométriques, échantillons d'ADN et autres délices qui serviraient devant une cour d'assises à confondre les malandrins que traquaient à longueur de journée les types comme Victor et Julien.

Le bureau de Dicton traversait les années sans changer, comme un chanteur de variétés passe des Zénith aux casinos de stations balnéaires sans qu'une mèche de ses cheveux ne se teinte d'ivoire. Des photos des montagnes corses ornaient les murs, des dizaines de petites figurines de bergers parsemaient son large bureau. C'était d'ailleurs sans nul doute la seule occasion pour ces bergers de transhumance de cohabiter avec des enveloppes en kraft siglées « POLICE JUDICIAIRE » et un microscope haut de gamme qui permettait au major Patrick Champfrein, alias Dicton, de mettre la pleine mesure de son talent au service de la justice. En voyant arriver les deux flics, son visage s'illumina.

— Ah, les amis ! Il n'est pas piqué des hameçons, le dossier que vous m'avez refilé.

Malgré les disputes, malgré la rancœur, malgré la rancune, la maîtrise hasardeuse des proverbes de Dicton eut raison de la lourdeur qui avait pris place entre les deux hommes. Les regards de Victor et Julien se croisèrent alors, dans une étincelle de complicité que seuls connaissent ceux qui, après s'être trop aimés, ne peuvent se sortir du crâne l'idée que rien n'est vraiment fini.

Dicton, à qui toute tension amoureuse échappait, ne sentait pas autour de lui les millions de volts que dégageaient les deux hommes. Il ne voyait, ne vivait que par et pour la recherche de ses traces ADN et là, à ce moment précis, les secondes qui s'écoulaient dans le sablier de sa vie étaient voluptueuses. Voluptueuses car elles lui offraient la satisfaction du devoir accompli. Ce sentiment dont le champ rayonne du chirurgien qui sauve une vie au brave chien qui rapporte un bâton. Cette énergie galvanisante qui, par sa force, produit des miracles, construit la félicité, fait pleurer dans les chaumières et rire dans les bistrots. Énergie dont la force miraculeuse ne permet toujours pas de mettre les mots justes dans la bouche du major Patrick Champfrein, alias Dicton.

— Twingo, les mecs ! Votre paluche a parlé. Votre gars est connu de nos services avec, semble-t-il, un casier long comme mes draps.

Cette fois-ci, Victor et Julien ne se laissèrent pas avoir et restèrent de marbre face à la sortie de Dicton.

Avec, chacun, un petit pincement au cœur. Champfrein restait dans son couloir, fidèle à sa réputation.

— Il a été interpellé cinq fois au cours des dix dernières années, c'est tout ce que je peux vous dire. Pour le reste, c'est à vous de regarder vos fichiers. L'œil de Saint-Pétersbourg, c'est vous.

— Et tu as trouvé d'autres traces dans la chambre ? s'enquit Julien, imperturbable.

— Rien du tout, seulement les litres de sang de la victime. Rien sur la porte, ni sur les verres ni dans la salle de bains. Seulement cette empreinte sur un des deux accoudoirs. Il a fait le ménage derrière lui.

— Oui, enfin bon, la victime a pu lui ouvrir la porte, ils ont bu un verre et le mec est reparti. Ça ne veut pas forcément dire qu'il a effacé ses traces. Il se serait appuyé sur le fauteuil pour se lever et puis c'est tout, tempéra Victor.

Julien lui répondit sèchement.

— Tu te lèves souvent d'une seule main, toi ?

— Ben ça dépend s'il avait le bras dans le plâtre ou pas. Ça dépend de s'il avait quelque chose dans la main. Ça peut dépendre de plein de choses, en fait. Donc on ne va pas tirer de conclusions trop hâtives. C'est à l'autopsie qu'on a le plus de chances de savoir si Morita s'est suicidé ou si on l'a trucidé. Donc, on attend.

— Et pendant ce temps, notre gus court toujours. Comment il s'appelle, d'ailleurs ?

Dicton avait enfin compris qu'une boule d'électricité avait explosé dans l'air. Il répondit du tac au tac, comme un élève à un prof en colère.

— Jules Philippon, né le 17 mai 1993, sans domicile fixe, alias Ziggy…

Kōka, 2007

Devenir une boule, la plus petite boule possible. Réduire sa surface corporelle au minimum vital. La survie, à ce stade, restait-elle vraiment la priorité ? Il voulait devenir insignifiant à la surface de la Terre. Ne pas prendre de place. Se fondre, avant d'être brisé. Un poids lui comprimait la poitrine. Celui des choix que l'on fait, que l'on n'ose pas, que l'on ne veut pas regretter. L'enclume de l'âge adulte, sur sa cage thoracique de quatorze ans. Une enclume, ou plutôt des pinces à clamper, qui viennent vous serrer de la gorge au ventre, comme pour empêcher une hémorragie de larmes. Réduire la pression du torrent qui se prépare. Elles étaient tapies, là, inévitables. Il savait que quand elles couleraient, leur sel viendrait brûler les bleus sur son visage. Il savait qu'à chaque sanglot, ses côtes fêlées le feraient souffrir. Il savait qu'il était à l'autre bout du monde, dans un pays dont il ne parlait pas la langue. Et qu'à peine vingt-quatre heures après que l'avion avait posé ses roues sur le tarmac, à peine six heures après qu'il était descendu du train qui l'emmenait à Kōka, il voulait déjà mourir. Lui brûlaient des muscles dont l'existence lui était jusqu'ici insoupçonnée. Sa fierté aussi avait pris cher. Il était pourtant plus grand que la plupart des élèves de son âge et leur mettait facilement une taille d'épaule dans la vue.

Recroquevillé sur sa paillasse, dans ses draps rêches, il avait des flashes qui lui revenaient. Le premier coup qu'il avait essuyé, un coup de pied circulaire qui était parvenu à trouver son chemin entre sa garde et son visage, et qui l'avait envoyé valser sur le tatami. À peine avait-il eu le temps de se remettre sur ses appuis qu'une manchette lui avait ouvert la pommette gauche. À ce moment-là, il se souvenait d'avoir pensé à sa mère.

C'est con, de penser à sa mère dans ce genre de moments. C'est cliché et c'est con. Mais c'est ce qu'il avait fait. Ce sont des choses bêtes, qui vous font réaliser que vous n'êtes encore qu'un enfant. Comme pleurer après une baffe, aimer chercher des œufs de Pâques, ou se faire casser la gueule dans une école de ninjuku à l'autre bout du monde. Évidemment, il s'était entraîné. Il savait que ça arriverait. D'ailleurs, ça avait été fait dans les règles de l'art, sous l'œil attentif et sévère d'un maître en arts martiaux. Dans un silence de cathédrale, où seuls résonnaient, sourds, les bruits d'impact et d'os qui craquent. Où les seuls cris auxquels on avait le droit étaient ceux qui accompagnaient un coup, les « *kiaïs* ». Où l'on salue son adversaire après l'avoir battu.

Ce à quoi on ne l'avait pas préparé, en revanche, c'était ce long couloir de bois vermoulu, qu'il avait dû traverser jusqu'à sa chambre, dont la seule petite fenêtre donnait sur quelque jardin dont le Japon avait le secret, et qu'il n'arrivait pas à admirer à cause de ses yeux tuméfiés. Il ne voyait pas les cerisiers en fleur aux couleurs pastel, ni la couleur si particulière de l'herbe qui avait la bonté de mettre en valeur quelques perles de rosée. Ça lui avait été interdit. On ne lui avait pas dit, non plus, que des garçons de quatorze ans en formation pour devenir champions de ninjuku restaient des garçons de quatorze ans. Il ne les avait pas entendus entrer – être discret était la base de la formation. Ils l'avaient poussé dans un coin de la chambre. Ils avaient ri dans une langue qu'il ne comprenait pas. Le premier coup était parti. Moins maîtrisé, plus violent. Il s'était écrasé contre des bleus encore frais. Ça l'avait brûlé. Il avait tenté de répliquer, mais une balayette l'avait cloué au sol. Les cris, qui semblaient être des injures, se firent plus forts. Il entendit « *gaijin* » entre deux syllabes. Puis, on lui arracha son pyjama. Cela dura. Une seconde, une minute, des heures. Il ne savait plus.

Depuis qu'ils étaient partis, il était là, en boule, honteux. Sa mère lui manquait. Il aurait tout donné pour retrouver ses doudous, ses draps Batman et les dîners devant Claire Chazal.

Frontières ou pas, continent ou pas. L'enfermement, l'entre-soi, le vice, la domination. Les garçons de quatorze ans restaient des garçons de quatorze ans. Certains devenaient des hommes ; d'autres, des bêtes.

– 6 –

Les feuilles bruissaient, dans la torpeur du matin. Des senteurs de chênes, de fougères et de diverses plantes dont les noms échappaient à Victor venaient se mélanger aux effluves de gazole, à l'air pollué de la capitale et à une indescriptible odeur de misère et de sueur rance. Sur le petit parking au milieu du bois de Vincennes, une dizaine de voitures banalisées étaient sagement garées. Les flics qui y étaient assis formaient, au milieu, une ronde sage, écoutant Alice Quinet donner ses ordres à bas bruit. Tout, dans ce dispositif, avait fait l'objet de débats houleux entre Victor et sa cheffe de service. D'abord, l'interpellation qui devait avoir lieu. Pour elle, avoir localisé un marginal était une chance qu'il ne fallait pas laisser passer, et l'empreinte digitale justifiait au moins une garde à vue, depuis que le parquet avait décidé une poursuite des investigations en enquête préliminaire. Pour lui, c'était prématuré et on n'avait pas assez de « biscuits ». Quand deux personnes manquent d'expérience et de légitimité, seuls les grades peuvent concéder une victoire. Alice Quinet avait donc remporté cette première bataille. Quand Victor avait émis l'idée d'intervenir en pleine nuit pour surprendre les occupants du campement de fortune, Alice avait rétorqué, arrêt du Conseil d'État à l'appui, qu'il s'agissait au regard de la loi d'un domicile, et qu'une interpellation n'y était donc possible qu'à compter de six heures du matin. Être une « techno » avait du bon quand il s'agissait de rabattre le caquet d'un jeune capitaine un peu trop effronté. Au milieu, les hommes de la BRI étaient à deux doigts d'enfiler un Damart malgré les vingt-cinq degrés ambiants, tant l'ambiance entre Victor et Alice était glaciale.

La cinquante-neuvième minute de cinq heures arriva et les flics, craignant que même un pas de loup sur les branchages n'alerte Ziggy, se ruèrent dans le bois pour accentuer l'effet de surprise. Les halos des lampes torches éclairaient un sol jonché de canettes de bière entouré de tentes, deux secondes grâce auxquelles quelques destins brisés trouvaient quelques heures de factice répit. Les bruits de fermetures Éclair étaient couverts par de fermes « POLICE » qui, s'ils pointaient une évidence, avaient le mérite de figer les situations. Aucune tente ne fut renversée, aucun SDF humilié. Alice Quinet, injustement taxée de gaucho de service par ses collègues, avait veillé à un strict respect de la dignité humaine dont auraient pu s'inspirer ses supérieurs les plus hauts gradés dans ce type d'opérations.

L'interpellation se passa sans heurts, dans un silence pesant. Ziggy était résigné. Si résigné que ses yeux ne croisaient pas ceux des flics. Comme s'il attendait ce moment et qu'il suivait, sans plus vouloir résister, un peloton d'exécution. Il ne dit pas un mot. D'ailleurs, personne ne dit un mot. Les demi-protestations qui s'élevaient dans le campement se turent presque instantanément quand le jeune marginal présenta, devant lui, poignets croisés, ses poings serrés. Ses mains étaient abîmées. Leur épiderme ressemblait à un terrain volcanique, aride. Des chancres s'étaient formés sur ses phalanges, du sang avait séché sous ses ongles. Julien lui fit signe de se retourner, puis lui passa les menottes dans le dos.

La perquisition se déroula dans le même silence pesant. On vida sur le sol le sac de randonnée qui renfermait la vie de Ziggy. Hakim en écarta un nunchaku qu'il plaça dans un sac en kraft pour y préserver d'éventuelles traces d'ADN. Un vieux téléphone prépayé était niché au fond de son barda. Le reste n'était qu'un vaste amas de breloques : quelques mangas jaunis, des prospectus ramassés çà et là, un livre de musculation des années quatre-vingt… Une vie entière, éparpillée sur le sol poussiéreux du bois de Vincennes. Lorsque Edwige passa une tête dans la tente, la nausée l'envahit. L'odeur n'y était pourtant pas nauséabonde, mais même les estomacs les plus aguerris n'auraient su résister à la conclusion qu'elle avait tirée : il n'y avait rien dans la tente. Rien d'autre que du vide. Le sol poussiéreux où s'éparpillaient les affaires de Ziggy était aussi celui à même lequel il trouvait le peu de repos que l'existence avait bien voulu lui accorder.

La scène était surréaliste, tant l'interpellation s'était déroulée dans le calme. Les portières des voitures claquèrent, Aline et Hakim chargeaient dans le coffre la tente de Ziggy, qui avait peur qu'on la lui vole. Le retour au 36 se fit gyrophares tournant, sans qu'aucun des véhicules du convoi n'active une seule fois son deux-tons. Comme pour ne pas casser le fragile silence qui s'était installé depuis le début de l'intervention.

À l'arrière d'une voiture, Ziggy regardait par la fenêtre droite les immeubles défiler, les scooters se ranger sur le côté pour les voitures de police. Il voyait passer, à toute vitesse, quelques platanes sur lesquels il aurait aimé faire son entraînement matinal. Rien d'autre n'avait d'importance. Ni les termes « enquête préliminaire », « garde à vue » ou « mort dans des conditions violentes ou suspectes » ne le faisaient paniquer. Rien de ce qui lui arrivait n'avait plus d'importance, ce qui lui faisait traverser l'existence avec l'indifférence de ceux que la vie a broyés.

– 7 –

La densité musculaire de Ziggy était hors du commun. Pourtant, quand la flic chargée de prendre ses empreintes digitales s'était saisie de ses doigts, elle n'avait trouvé qu'une masse molle qu'elle fit glisser sur la lumière verte du scanner. Le cliché anthropométrique était celui d'une statue de cire. Ziggy, depuis longtemps, n'était plus qu'une statue de cire. La puanteur de la cellule ne lui fit rien. Une décharge de satisfaction l'avait envahi lorsqu'il avait bu quelques gouttes d'un jus d'orange chimique et insipide fourni par l'administration. Tel était son degré de désintérêt pour les plaisirs de l'existence.

Il se surprit à trouver sa cellule confortable. Ni l'odeur crasse, ni les graffitis, ni même les noms d'oiseaux qui se heurtaient aux murs de béton ne le dérangeaient. Sur le matelas en plastique bleu, ambiance cours de gym de CM1, il déplia son corps meurtri par les années de rue. Sa main gauche tremblait. Sa main forte. Merde. Il savait que ce spectre planait. Il savait que tôt ou tard, la morsure du manque viendrait l'agripper à la gorge, infatigable pitbull. Pas si tôt, bordel. Pas si tôt. Il eut l'impression que ses narines se refermaient. La morsure se fit de plus en plus forte, comprimant sa trachée, l'obligeant à haleter pour trouver l'air fétide de la cellule de garde à vue. Il tâcha de se concentrer sur un point fixe. L'angle supérieur droit de la cellule. Celui où la caméra de surveillance, protégée par un grillage, scrutait, pensait-il, ses moindres faits et gestes. Grillage sur lequel avaient survécu des stigmates d'une matière sombre qu'il ne voulait pas formellement identifier, laissés là par quelques indélicats qui préféraient exprimer ainsi, plutôt que par les urnes, leur désaccord avec la conduite de l'appareil d'État.

Plus il attendait, plus l'angoisse montait. Celle de ne pas l'avoir. Elle supplantait tout, cette angoisse. Il se foutait complètement de cette histoire d'homicide. Il ne pensait qu'à ce flot d'adrénaline qui aurait dû le parcourir s'il n'avait pas été enfermé ici. Une minute passa, ou peut-être une heure. Les mots, lointains, devenaient des bruits indistincts. La lumière n'était plus qu'un rai agressif qui lui brûlait la rétine. Il voulait bouger, sauter, cogner un mur pour faire partir le manque, mais rien ne répondait. Il lui fallait sa putain de dose. Il n'entendit pas non plus la voix ferme d'Edwige qui ordonnait au garde-détenu de remettre son suspect sur pied. Les poignes fermes qui se saisirent de ses biceps ne lui faisaient rien non plus. Seule une bouteille d'eau vidée sur son visage le ramena à la raison. Rapidement, tout se confondit. Ses larmes, l'eau minérale. Les quelques cheveux bouclés qui tenaient le siège sur son crâne et lui tombaient maintenant dans les yeux. Il sanglota.

Edwige prit cette expression de détresse comme une claque. Le regard qu'il lui adressa porta l'estocade à sa posture officielle.

Edwige était singulièrement touchée. Les victimes qu'elle avait pu prendre en charge, les parents éplorés qu'elle avait vus, les enfants qu'elle avait consolés... À la candeur de ses trente ans, elle pensait avoir exploré la totalité du désarroi qu'offrait l'humanité. À travers les crimes passionnels, à travers les chambres à coucher maculées de sang. Entre les doigts des meurtriers qui sanglotent, la tête dans les mains, derrière le rire d'un sadique qui revit son crime. Rien, plus rien ne pouvait la surprendre. Mais la sensation de vide qui existait dans cette cellule, les yeux de Ziggy, dans lesquels la vie n'était plus qu'une implacable mécanique qui, tôt ou tard – peu importe –, allait s'arrêter sans laisser derrière elle ni regrets, ni larmes, ni manque. Ce vide-là l'aspirait. Elle ne pouvait pas l'interroger dans une salle d'interrogatoire dépourvue du moindre artifice, où elle serait le seul point d'humanité de toute cette audition, obligée alors de baisser sa garde. Elle s'y refusait. Si ce type avait éventré Morita, elle ne devait pas le laisser s'immiscer dans son esprit. Elle savait Victor bonne pâte, et Alice Quinet en réunion chez le directeur. Elle sortit donc sa paire de menottes de sa poche arrière, les passa dans le dos de Ziggy et ordonna au garde-détenu de lui ouvrir la porte et de les escorter jusqu'au sixième étage. Sortie de l'ascenseur, elle congédia le jeune gardien de la paix qui, sans mot dire, avait enfreint le b.a.ba des règles inhérentes à la sécurité des locaux. C'était en tout cas ainsi stipulé sur la circulaire rédigée par son ancien chef de service, le commissaire Michel Graziani, nouveau directeur de la Police judiciaire – promotion que les persifleurs de couloir attribuaient à son silence zélé face aux pressions de l'Élysée dans l'affaire des Eiye.

L'ordinateur d'Edwige ronronnait, rendant encore plus pesant le silence qui s'était installé entre la flic et le suspect. C'est la voix de fer dans un gant de velours d'Edwige qui le brisa.

— Café ?

Ziggy, toujours en manque, hocha la tête sans pouvoir prononcer le moindre mot. Comme pour prendre le relais de l'ordinateur, c'est la machine à café qui émit un râle. La tasse fumante réchauffa les mains du suspect. Edwige s'en fit couler un aussi et posa son clavier loin d'elle.

— On va d'abord se parler hors audition, d'accord ?

Enfin, les cordes vocales de Ziggy se mirent en branle. Des jours qu'il n'avait parlé à personne. Les premiers mots sortirent étouffés de sa bouche. Sa voix était rauque, abîmée de souffrance. Métallique.

— Comme vous voulez, madame. Je ne sais même pas ce que je fais ici.

Son ton était plus dur et assuré qu'Edwige ne l'imaginait. La partie s'annonçait serrée.

— Vous êtes ici parce qu'on se demande si vous avez un lien avec des faits très graves qui se sont produits hier.

— Quoi, comme faits très graves ? répondit-il, regardant en l'air tout en se triturant les doigts.

— Si vous permettez, monsieur Philippon, c'est moi qui vais poser les questions pour le moment.

L'expression fermée d'Edwige ne laissait place à aucune contradiction.

— Déjà, personne m'appelle plus Philippon. Moi, c'est Ziggy. Philippon, c'était avant.

— Avant quoi ?

— À votre avis, madame ? Avant que je sois comme ça.

— D'accord. (Elle posa ses yeux sur les phalanges décharnées de Ziggy.) Qu'est-ce qui vous est arrivé aux mains ?

Un silence s'installa. Edwige soutenait le regard de son suspect. Elle gagna cette manche.

— Je m'entraîne souvent, ça laisse des traces. Voilà.

— Vous vous entraînez ? À quoi ?

— Je fais des arts martiaux. Et comme je n'ai plus le droit de me battre, je le fais contre des adversaires bien plus forts que moi. Ça laisse des traces.

— C'est qui, ces adversaires ?

— À votre avis ?

Edwige haussa légèrement le ton.

— Ziggy, je suis pas là pour jouer, ni aux devinettes ni à quoi que ce soit d'autre. Je pose une question, vous répondez. Il n'y a que comme ça que ça va bien se passer.

Pour la première fois, le regard de Ziggy fuit Edwige pour aller se poser sur le mur derrière elle. Elle choisit de le laisser dériver. Avant de partir en retraite, Jean lui avait appris à ne pas mettre trop de pression lors de l'audition de « chique ». Elle ne devait servir qu'à compiler les mensonges dont elle se servirait pour le faire craquer.

Sa contemplation du mur derrière elle durait. Quelques cartes postales, une affiche de *César et Rosalie.* Une photo, aussi. Des femmes et des hommes attablés dans une brasserie, le sourire aux lèvres. Sur laquelle il reconnut le grand type aux yeux bleus qui était venu leur rendre visite quelques jours plus tôt. Un type sympa, avait-il trouvé. Ils n'avaient échangé que quelques mots. Assez pour avoir un bon pressentiment. Assez pour voir que ce flic saurait le comprendre.

— C'est qui, lui ? demanda Ziggy en désignant la photo du menton.

— Lequel ?

— Le vieux beau aux yeux bleus.

— Vous le connaissez ?

— Je ne veux parler qu'à lui. J'ai fini de répondre à vos questions.

Immédiatement après qu'il eut articulé sa phrase, la posture de Ziggy se relâcha. Il redevint ce toxico en manque, au regard vide. L'étincelle perçue par Edwige s'était dissoute.

Ce combat-là était terminé pour lui. Il avait choisi son prochain adversaire : il s'appelait Philippe Valmy.

Tokyo, 2007

Rien ne le laissait en paix. Agression permanente. Les lumières, les bruits, les passants. Cette ville n'offrait jamais une seconde de zen. Les Tokyoïtes se pressaient sur les trottoirs, le visage fermé de ceux qui ne se s'accordent aucune seconde de bonheur, aucun orgasme salvateur. La performance professionnelle en étendard, le management pervers qui s'immisce entre chacune de leurs cellules, cancer prêt à les ronger, à les pousser à ouvrir le guide du suicide, classé parmi les meilleures ventes de livres au Japon. Un suicide pendant lequel on s'excuse. Pas de ces mises à mort égoïstes que s'offrent les Occidentaux dont le dernier acte serait, dans une volonté désespérée d'exister à la face du monde, de bloquer une ligne entière de TGV en plein mois d'août.

Cette ville était faite d'ombres, de silhouettes filantes qui ne s'arrêtaient jamais et se ressemblaient toutes. Et cela lui allait si bien. Lui qui traînait ses membres endoloris sur les trottoirs impeccables, lui qui n'aurait, pour rien au monde, voulu s'isoler sur une plage ou dans une prairie verdoyante, tant le sentiment d'exister lui était devenu insupportable. Alors, hagard, il traînait ses grands yeux de *gaijin* sur les vitrines pastel, regardait les écoliers tourner timidement autour de leurs camarades dans des arcades de jeu vidéo où un type taciturne qui avait dû être le témoin de toutes les amourettes lycéennes du quartier leur servait des soupes d'udon en leur adressant un regard qu'il n'aurait lui-même su définir. Un regard à la frontière de l'envie et de la lassitude. Il ne savait pas encore, ce type taciturne, s'il était définitivement une cause perdue pour le romantisme mièvre, ou si un sursaut lui fendrait un jour le cœur. Le sait-on jamais, en réalité ?

Les bruits des machines électroniques, les odeurs d'épices et de conservateurs, les rires aigus des lycéennes... La vie des autres aspirait la sienne, et ça lui faisait un bien fou. Au milieu de cette foule, il ne pensait plus, ne pleurait plus. N'était plus.

Il arriva dans un quartier aux néons encore plus criards, où débouchaient çà et là quelques ruelles sombres. Sur une plaque en émail un peu usée, il distingua quelques kanjis, une syllabe, ou deux. Rien qui ne puisse lui donner une idée précise d'où il se trouvait. Non que cela ait pu l'aider à voir moins flou, de toute façon. Sa basket glissa sur un prospectus en anglais, sur lequel un dessin hentai d'une jeune fille en sous-vêtements sur fond violet fluo annonçait, par le biais d'une bulle de manga exclamative, *The Forbidden Pleasures of*

Shinjuku. Le ton était donné. Il mit machinalement la main dans sa poche pour sentir les quelques billets avec lesquels il allait devoir se nourrir et trouver un lit pour passer cette nuit de permission, au plus loin de ses bourreaux. Plus il s'enfonçait dans Shinjuku, plus l'ambiance devenait lourde, étouffante. Des touristes en short ou des hommes d'affaires en surpoids s'offraient l'illusion de flirter avec des filles habillées en Sailor Moon qui leur arrivaient au niveau du nombril. Lancinant manège de la misère amoureuse, du tourisme sexuel et du déni absolu dans lequel se trouvaient ces Occidentaux bien trop seuls qui confondaient prostitution et affection, intérêt pécuniaire et profonde admiration. Il bifurqua à la faveur d'une artère plus sombre que les autres, au bout de laquelle grésillait un néon qui l'attira sans plus de raison. Le néon surmontait une porte close qui, dès qu'il fut à sa hauteur, s'ouvrit sur une jeune Japonaise en pantalon de cuir, les cheveux teints en blond. Elle lui proposa d'entrer prendre un verre, il hésita. Fit non de la main, en mimant des poches vides. Elle rit. Puis lui fit quand même signe d'entrer. À l'intérieur, tout lui sembla étranger. Il avait le sentiment de ne plus s'appartenir, assis seul au bar. La jeune fille s'approcha de lui avec une bière. Il n'avait encore jamais bu la moindre goutte d'alcool mais accepta. Persuadé qu'elle le pensait plus vieux qu'il n'était et qu'un refus révélerait le pot aux roses. La première gorgée lui réchauffa la gorge. La fille au pantalon de cuir posa la main sur son bras. Un frisson le parcourut. Le contact d'une peau féminine ne lui était pas habituel. Il lui était arrivé, deux ans auparavant, lors de vacances avec sa mère, d'embrasser une touriste belge de son âge. Mais cela n'avait rien à voir. Il but une nouvelle gorgée de bière qui le détendit. Petit à petit, les regards mauvais de ses bourreaux se dissipaient dans la douceur feinte de cette fille au pantalon de cuir. Elle posa une autre main sur sa cuisse, et les bourreaux tombèrent dans les limbes. Pour quelques instants, seulement. Il n'en avait pas tout à fait conscience. Il se sentait bien. La main de la jeune fille remonta, son cœur à lui accéléra la mesure. Son corps lui appartenait de nouveau, ses membres ne lui faisaient plus mal. Il prenait pleine possession de son désir, effaçait les sévices des autres élèves de l'école Kōka. La fille sentit son trouble, en profita pour se pencher à son oreille et lui chuchoter un chiffre en anglais. Il n'était pas très bon en classe mais se souvenait vaguement des comptes. C'était son budget hôtel qu'elle lui proposait. Il ne réfléchit pas et accepta. Elle lui prit la main, le dirigea vers un ascenseur.

Pendant que la cabine montait vers une destination qu'il ne connaissait pas, elle l'embrassa à pleine bouche. Il ne répondit pas. Figé, incapable de quoi que ce soit. Un gamin. Ils arrivèrent dans un salon où d'autres hommes plus âgés se prélassaient dans des fauteuils pendant que dansaient devant eux des filles lascives. Elle retira son haut, lui fit découvrir sa poitrine menue et lui fit signe de s'asseoir. Elle dansa quelques minutes, pendant lesquelles un serveur lui apporta une coupe de champagne qu'il vida sans réfléchir. Puis une autre. Il restait coi face au spectacle improbable qui se tenait devant lui. Enfin, elle lui prit la main et l'attira vers une pièce dont les vitres étaient masquées par des rideaux. Elle retira son pantalon en cuir avec une facilité déconcertante et s'allongea sur le lit, simplement vêtue de ce qui lui restait de sous-vêtements. Elle lui fit signe de le rejoindre. Hypnotisé, il s'exécuta.

Il ouvrit les yeux une heure plus tard, ou était-ce une minute. Il ne savait plus. Devant lui se tenait un type aux mains tatouées et à la corpulence de buffle, flanqué d'un acolyte plus petit aux cheveux gominés et aux bras remplis de couleurs. Le petit homme s'approcha de lui et lui attrapa la nuque. *YOU PAY NOW. TEN THOUSAND YEN.* Ziggy paniqua. Sans que rien le trahisse. Il fit non de la tête. Le petit homme se mit à rire et fit signe au colosse de s'approcher. Le gros tapa son poing droit dans la paume de sa main opposée. Le gamin, lui, réitéra son signe de la tête. La fille restait debout dans un coin de la pièce. Le poing du gros type partit en direction du visage de Ziggy. Par réflexe, il bloqua le coup et tordit le poignet de son adversaire dont le craquement fut suivi d'un atroce cri de douleur. Il se servit de la chute du gros pour se relever en prenant appui sur lui, réutilisant sa force pour envoyer, dans les mâchoires du petit gominé, un coup de pied circulaire qui le fit valdinguer dans un fauteuil posé au coin de la pièce, sur lequel il avait laissé son sac à dos. La fille hurla de terreur, et deux autres types déboulèrent, à qui Ziggy régla leur compte tout aussi aisément. Il resta debout quelques secondes jusqu'à ce qu'entre dans la chambre un type en costume qui l'applaudit doucement et hurla en japonais sur les quatre hommes au tapis. Il lui posa la main sur l'épaule. « *Why you come if you cannot pay ?* » Ziggy ne comprit pas. Il le repoussa d'un geste ferme, sans violence. Le type sourit. « *Come.* »

Ziggy était assis dans un grand bureau au fond duquel trônait un aquarium. On lui avait apporté un Coca, et le Japonais en costume tenta de lui expliquer qu'il allait falloir qu'il paye pour ce qu'il avait consommé.

« *If you cannot pay, you work until you pay me back. It's as simple as that.* » Bien qu'il ne maîtrisât pas les subtilités de la langue de Shakespeare, Ziggy se souvint de sa mère qui lui disait souvent : « Si on ne peut pas payer au restaurant, on fait la plonge. » Il acquiesça, tout en sachant qu'on ne lui demanderait pas seulement d'essuyer les verres. Tout. Tout pour échapper à ses bourreaux.

– 8 –

Les doigts d'Edwige étaient crispés autour du combiné. Son cœur battait fort, chaque sonnerie en accélérait le rythme. Si bien qu'au bout de la sixième, un bélier frappait à la porte de sa cage thoracique. Le même effet qu'un coup de fil de rupture, une demande de découvert exceptionnel à son banquier ou bien encore le moment où elle avait appelé son représentant syndical pour savoir si, oui ou non, elle allait être mutée à la Crim'. Là, c'était Alice Quinet qui la faisait languir. Edwige détestait l'idée que cette femme, jeune, plus jeune qu'elle et moins expérimentée, soit sa supérieure hiérarchique. Elle interrogea sa réaction. En aurait-il été de même si Alice avait été un homme ? N'avait-elle pas, finalement, fini par adopter les comportements de coq de basse-cour qu'elle reprochait tant à ses coéquipiers ? La voix d'Alice la tira de ses rêveries…

— Allô ? La voix était douce, le ton assuré. Madame le commissaire, capitaine Lechat. Vous auriez quelques minutes à m'accorder ?

— Je rentre tout juste de réunion, c'est pour quoi au juste ?

— Je viens de faire l'audition de chique de Ziggy, mon chef de groupe est parti assister à l'autopsie, il y a une urgence…

— Passez.

Alice raccrocha si brusquement qu'Edwige eut le sentiment que le combiné lui collait une mornifle.

En longeant le couloir, Edwige sentit un limon de culpabilité envahir sa conscience. Travailler dans le dos de son chef de groupe, trahison aidée par les circonstances et l'indisponibilité de Victor… Aurait-elle fait ce coup à Jean ou Valmy ? Trop de questions se bousculaient en elle. Elle tâtonnait… Une sensation diffuse que chacun, dans cette enquête, endossait un costume trop grand pour lui. Elle frappa du bout des ongles à la porte ouverte d'Alice Quinet qui leva ses grands yeux noisette de la procédure qu'elle relisait avec l'air excédé d'une prof de français devant la phrase « de tout temps comme de toute époque, les hommes… ».

— Entrez. Elle lui offrit un timide sourire, qu'Edwige lui rendit à pas de loup. Asseyez-vous, capitaine. Qu'y a-t-il de si urgent ?

— Je viens d'entendre le mis en cause qu'on est allés chercher ce matin, on a un problème.

— Le SDF ? Celui qui avait l'air si coopératif au moment de l'interpellation… Ne me dites pas qu'il vous donne du fil à retordre.

Edwige se sentit piquée au vif. Quinet entendait imposer son style.

— Il a reconnu notre ancien chef de groupe sur une des photos de mon bureau, et maintenant il ne veut plus parler qu'à lui.

Quinet durcit le ton, sa voix n'avait plus rien de cristallin, et ses yeux n'étaient plus deux constellations de douceur. Son visage entier se ferma, donnant à ses airs timides une beauté froide insoupçonnée.

— Donc si je résume, capitaine, vous avez entendu un gardé à vue en dehors des salles d'audition…

Edwige l'interrompit.

— Je pensais que ça le débloquerait.

— Ne me coupez pas la parole, s'il vous plaît. Vous avez donc entendu un suspect en dehors du cadre réglementaire dans le but d'obtenir quelque chose. J'entends. Seulement, il vous a prise pour un jambon et s'est enfermé dans un mutisme absolu. Mutisme duquel il n'est sorti que pour se raccrocher à un élément personnel de votre environnement de travail. Notre cher suspect a donc pris un total ascendant sur sa mesure de garde à vue. Vous vous souvenez de l'état du cadavre que nous avons trouvé, capitaine ?

Edwige hocha la tête, sans lever les yeux.

— Vous savez, Edwige, que nous ne plaçons pas les gens en garde à vue pour le plaisir ? Qu'il y a une possibilité que ce type que vous avez emmené de votre propre chef dans votre bureau, sans aucun collègue pour vous assister, puisse être responsable de ce que vous avez vu hier ? Vous réalisez, Edwige, ou pas ?

— Écoutez, madame, je…

— Je n'ai pas fini. Donc, vous vous êtes fait balader comme une bleue, et vous passez au-dessus de votre chef de groupe pour que la gentille petite commissaire inexpérimentée accède à votre requête et ne voie pas l'étendue de la connerie que vous avez faite ?

— Pas du tout ! (Edwige reprit un peu de poil de la bête.) J'ai fait une erreur, mais jamais je ne me permettrais de court-circuiter Victor ou de sous-estimer votre intelligence.

Edwige savait ce second point quelque peu frappé de mauvaise foi. Elle tint sa barque.

— Soit. Maintenant, c'est fait. Et je pense qu'il faut de toute évidence quelqu'un de plus expérimenté sur ce dossier. En revanche, il est hors de question que je fasse revenir Valmy.

— Madame, je sais que je ne suis pas en position d'intercéder en sa faveur…

— C'est le moins qu'on puisse dire.

— Mais je pense que M. Philippon n'a pas choisi son cheval par hasard… Je sais que Philippe a été muté à la BAPSA, ils ont sûrement déjà eu quelques contacts. Et vous ne l'avez peut-être pas vu sous son meilleur jour, mais il fait partie de ces flics qui ont la Crim' dans le sang tout en étant persuadés du contraire. De toute évidence, pour moi, c'est l'inverse. Mais s'il y a quelque chose à sortir de ce dossier, il y arrivera.

Edwige décida de jouer le tout pour le tout.

— Patron, dans ce dossier, on a un type retrouvé dans un état pas possible au milieu d'un palace, deux lettres en japonais dont on n'a pas encore la traduction, une clé USB en forme de puzzle… Et le seul indice qu'on ait, c'est un marginal muet aux phalanges défoncées à force de coller des tartes. Je pense vraiment qu'on a besoin d'aide et d'années de boutique en plus…

Quinet s'apprêtait à la rabrouer en lui demandant de s'en tenir à de simples « Madame la commissaire », puis se souvint que Graziani, entre deux portes, lui avait glissé « s'ils t'appellent "patron", gamine, t'as gagné la queue du Mickey… ». Elle planta ses yeux dans ceux d'Edwige pendant de longues secondes.

— Je vais en parler au directeur. S'il est d'accord, on pourra l'envisager, capitaine. En attendant, parlez à votre chef de groupe, il vous dira sûrement de venir me voir directement. Moi, je jouerai les étonnées…

– 9 –

Le soleil jouait un peu avec les reflets argentés de ses cheveux pendant qu'il posait un pied devant l'autre sur le macadam. Il ne marchait plus, n'avançait plus. Il posait simplement un pied devant l'autre, la tête ailleurs. La tête nulle part. C'était là qu'il était le mieux. Une forme de satisfaction l'envahissait lorsqu'il pensait à ce que serait sa nuit. Ne pas dormir, ne pas rencontrer les fantômes qui l'attendaient dans son appartement trop grand, aux recoins trop nombreux. Où sont nichés des souvenirs prêts à lui sauter au visage. L'odeur d'Élodie, des sourires, des orgasmes… Tout s'envolait lorsqu'il enfilait sa tenue sur les grades de laquelle étaient disposées, des suites d'une récente décision ministérielle, de jolies barrettes et un semblant de feuille de chêne (desiderata d'un syndicat de vieux officiers frustrés à qui leurs fonctions d'encadrement n'offraient pas le même apparat qu'aux commissaires). C'était apparemment une consolation suffisante de se voir autorisé à ressembler, chaque jour, à un sapin de Noël neurasthénique. Qu'à cela ne tienne. Lui était simplement bien lorsqu'il partait à la rencontre de ceux que la vie avait éreintés.

Une inavouable *Schadenfreude*, ce concept allemand avec lequel il avait fait connaissance à la radio lors d'une nuit d'insomnie, et selon lequel le malheur des autres fait, inexplicablement, votre bonheur. Cela, mélangé à la maigre satisfaction d'aider en offrant un café chaud, son regard enveloppant et son oreille attentive à ceux qui veulent y murmurer leurs marasmes.

En quelques vacations, il avait réussi à nouer de véritables relations. Alors, quand, comme ce soir, il décidait d'aller de son appartement du Marais à son bureau de la porte de la Villette en traversant la ville à pied, la vie lui semblait un poil moins insupportable. Le temps entre une respiration et la dernière moins long, et l'humanité en règle générale un peu moins angoissante.

Arrivé au bout du canal Saint-Martin, il traversa la rotonde de Stalingrad, dont le sol blanc et poussiéreux laissait sa trace sur toutes les paires de chaussures. Loin devant lui, la tour Eiffel et ses quartiers cossus se tenaient derrière les immeubles, comme pour observer, de loin, la misère affalée sur les bancs autour de lui. Les yeux vitreux des toxicos qui se prenaient parfois à poser leurs regards sur le canal de l'Ourcq et ses flots calmes qui avançaient, sans mot dire, vers la Seine-Saint-Denis. Valmy avait, pour ce petit bout de Paris, une fascination malsaine. Les guinguettes prisées par la jeunesse branchée, le pavillon des Canaux et sa nourriture circuit-court, les immeubles modernes qui côtoyaient une misère que personne n'avait réussi à éradiquer. On trouvait sur le sol des Ecocup et des seringues, sur les trottoirs des rires et des larmes, et dans les esprits parfois la fougue d'une jeunesse à qui rien n'arrive ; dans d'autres, la torpeur d'âmes en fin de règne.

— Eh, la police ! Comment tu vas ?

La voix était aiguë, assurée. Presque enjouée. Valmy reconnut immédiatement Ninon. Yeux bleus, taches de rousseur. Cheveux blond cendré. Dans son débardeur blanc et son jean taille basse, on aurait pu la prendre pour une étudiante. Il suffisait de ne pas regarder les trous dans ses bras, de ne pas prêter attention à ses dents jaunies et de passer outre le voile de tristesse posé sur son regard azur. Le flic s'approcha d'elle.

— Qu'est-ce que tu fais ici, t'es en planque ?

Valmy lui adressa un sourire attendri.

— Ça fait bien longtemps que j'ai pas fait ça, tu sais…

Ninon s'ouvrit une bière dont elle but une gorgée au goulot.

— T'en veux ? (Valmy refusa d'un geste.) Alors, pourquoi tu traînes dans le coin ? Tu vas dans un bar à bobos ?

— Eh, c'est qui le flic entre toi et moi, Ninon ? Si tu veux tout savoir, je vais bosser.

— Ah ! On va se croiser ce soir, alors ? Tu seras avec Sergio ?

— Ça dépend de toi, ça. Et oui, je serai avec Serge. Tu seras dans quel coin, toi ?

— Je vais sûrement aller zoner vers la gare de l'Est après. Tu sais bien après quoi on cavale… Mais si tu bosses ce soir, je vais essayer de rester un peu dehors avant. Histoire de voir Serge, ça fait un bail que j'ai pas vu sa tête.

— Ton dealer, il te fout la paix, c'est bon ?

Ninon baissa les yeux…

— On va retourner le voir avec Serge, s'il a pas compris.

Le ton de la jeune fille durcit.

— Non, non, ça va. Je peux me démerder aussi.

Valmy passa deux doigts dans ses cheveux.

— Allez, à ce soir, gamine. Je vais essayer de te trouver une place quelque part si tu te shootes pas. Deal ?

— T'es pas mon père…

Les yeux du flic s'emplirent d'une tristesse qu'il ne cherchait plus à dissimuler depuis longtemps. Ninon s'en aperçut.

— Excuse-moi… OK, je t'attends alors ?

— On fait comme ça, gamine ! À ce soir !

Valmy continua son chemin, évitant de déranger la partie que disputaient quelques représentants de la nouvelle génération de boulistes qui, non contente d'avoir fait baisser la moyenne d'âge d'une cinquantaine d'années, avait choisi de troquer la chemisette, la casquette et le pantalon taille haute pour des vêtements branchés et des bières bio.

Son téléphone vibra dans la poche de son jean. Le nom sur l'écran lui fit l'effet d'une décharge électrique. Graziani. Il ne voulait pas répondre. Il ne saurait jamais dire pourquoi, au lieu de laisser cet appel tomber dans les limbes, il appuya sur le pictogramme vert.

– 10 –

Il avait le sentiment de n'avoir pas mis les pieds au Bastion depuis la nuit des temps. Il tenta d'échapper au regard vide et déprimé des vigiles qui vérifiaient les sacs à l'entrée, à qui il présenta, en se forçant à sourire, une carte bleu-blanc-rouge qui, fut un temps, avait fait sa fierté, et qui pesait aujourd'hui si lourd dans sa poche qu'il voulait la jeter dans la Seine. La seule chose qui le retenait, c'était qu'il avait peur de se laisser entraîner par le mouvement, comme un bagnard de cartoon qui se laisserait emporter par son boulet en tentant l'échappée belle. Dans l'ascenseur qui le menait au dernier étage, celui du directeur de la PJ, les souvenirs affluèrent. Son dernier jour dans le groupe des « Cabarets », la tournée des grands-ducs dans laquelle l'avaient emmené Louis et les autres. Les lumières de Paris qui défilaient devant ses yeux, les patrons de bars interlopes qui lui tapaient dans le dos. Le secret qu'il portait, la coupe de champagne qui avait atterri sur son visage quand Élodie l'avait appris, le divorce, le clic-clac de Louis. Son premier cadavre à la Crim', Anaïs… Les yeux noirs de Max lorsqu'ils avaient partagé une entrecôte. Les longs couloirs crades dans lesquels il s'était époumoné en le poursuivant. Son sourire. Mauvais. Quand il appuya sur la détente. Le crâne de sa femme, en morceaux sous l'impact de 9 mm.

Valmy serra les dents, plissa les yeux. Qu'il était lent, cet ascenseur ! Assez lent pour que d'autres images lui reviennent. Celles du cadavre de Louis, l'affaire des Eiye. Le corps de Trinity qui l'attendait, inanimé. Privée de son souffle par la balle d'un agent de la DGSI. Cette jeune commissaire qui le traitait comme un déchet, un flic lessivé bon pour la casse. Et qui, aujourd'hui, lui avait demandé toute activité cessante de venir la voir dans le bureau de Michel Graziani. Plus qu'un étage. Son ventre se tordit, Élodie lui revint. Elle se tenait là, devant lui. Dans l'ascenseur, un sourire au coin des lèvres. « Non, pas ici. Tu ne vas pas venir m'emmerder en journée… »

Un tintement insipide sonna le glas de ses errements. Jamais porte en acier ne s'était ouverte sur un couloir aux néons blafards avec tant de félicité. Il s'empressa de sortir de la cabine et de fouler l'épaisse moquette de l'étage où travaillaient les plus fins cerveaux de la PJ parisienne – ou, tout du moins, les plus gradés. Il frappa délicatement à la porte de l'assistante de Michel Graziani, qui le fit entrer sans attendre dans l'immense bureau rempli de dossiers – l'administration de la police avait décidément une bien piètre empreinte carbone. Il eut l'impression que les fantômes de son passé s'étaient donné rendez-vous pour fêter l'anniversaire de sa dépression. Victor était assis à côté d'Alice Quinet autour de la table de réunion que présidait Graziani. Une tasse de café fumant attendait à une place vide. Le nouveau directeur lui adressa un sourire affable.

— Je vous ai pris un allongé, sans sucre. C'est bien ça, Philippe ?

— Oui, mais à dix-neuf heures, ça n'aurait pas été mon premier choix, patron.

— Merci d'être venu si rapidement. À peine une heure après mon coup de fil, vous êtes presque aussi efficace qu'une pizzeria de quartier.

— Merci, je fais ce que je peux. Vu la tablée, j'aurais bien aimé croire que c'était une invitation de courtoisie, mais la présence du commissaire Quinet me fait me dire que non…

Queffelec coupa court à la joute avant que la jeune patronne de la Crim' n'ait eu le temps de prendre au vol la mouche qui la provoquait tant.

— T'as vu juste, Philippe. Je t'avoue qu'on n'a pas trop de temps à perdre. Je t'affranchis ?

Quinet le coupa.

— Si vous le voulez bien, capitaine, je vais m'en charger.

Valmy leva les yeux au ciel et, alors qu'ils redescendaient vers une terre de désespoir, il les posa sur Graziani qui intervint.

— Alice, à la Crim', la tradition veut que ce soit le chef de groupe qui parle de ses dossiers. Allez-y, Victor.

— Bon, Philippe, je te la fais courte. Antoine est parti se déconnecter trois semaines en Amérique du Sud, grand bien lui fasse. En attendant, avec mes trois barrettes à peine dessinées, je suis le chef de groupe. Il y a trois jours, on a été appelés au Crillon pour un suicide. Un homme d'affaires japonais qui s'est fait hara-kiri dans sa chambre, une véritable boucherie. Avant que tu ne me poses la question, on a montré les photos de la scène de crime à un sociologue spécialiste du Japon. Tout est réalisé dans les règles de l'art. Bref, la chambre est fermée de l'intérieur, et tout ce qu'on a ce sont deux lettres, écrites en japonais. Sur ce, Dicton nous dégotte une paluche partielle sur un accoudoir. Et Hakim retrouve, devant l'hôtel, à portée de fenêtre de notre victime, une clé USB en morceaux. La paluche a parlé, et c'est pour ça que t'es là. C'est un type qui ne veut causer qu'à toi, apparemment une vieille connaissance. Jules Philippon, dit Ziggy. Un SDF qui aime bien cogner, on ne sait pas sur qui, sur quoi.

Valmy le coupa.

— D'accord, je vois qui c'est. Pas un mauvais mec, mais tu m'as pas dit que la chambre était verrouillée de l'intérieur ? Il a peut-être rendu visite à la victime avant, ou…

— Laisse-moi terminer, tu veux ? Je me suis fadé l'autopsie ce matin, la victime s'est bien fait ça toute seule. Donc j'étais sur le point d'en arriver à la même conclusion que toi, quand on a reçu la traduction des deux lettres qu'il avait laissées. En gros, il y en a une à destination des enquêteurs qui vont trouver le corps, dans laquelle il s'excuse de ne pas être présentable. Mais c'est la seconde qui me chagrine, elle est adressée à sa femme. Je te lis un extrait de la traduction. « Il m'est impensable de lire dans tes yeux la honte qui s'abattra sur moi lorsqu'ils t'auront envoyé le film.

Parce qu'ils vont te l'envoyer. Il m'est aussi impossible de trahir les secrets que m'a confiés mon employeur. La seule solution qu'il me reste, c'est de partir dans une souffrance aussi grande que celle que je t'ai causée. Pardon, pardon mon amour d'être aussi pleutre et de ne pas réussir à mourir par où j'ai pêché. La douleur qui sera la mienne est mon ultime cadeau. » Tu vois l'ambiance ?

— Ce que je vois, c'est que ton gus s'est suicidé. Point barre. Je ne comprends même pas pourquoi Ziggy est encore en garde à vue.

C'est Graziani qui termina l'exposé.

— Écoutez, Philippe. Victor sent quelque chose, et c'est un bon flic. Quoi qu'il en dise. L'Identité judiciaire est en train de reconstituer le contenu de la clé USB, on l'aura dans la soirée. En attendant, grâce à la lettre, j'ai réussi à arracher au proc' l'ouverture d'une information contre X pour incitation au suicide. Si des types s'amusent à faire chanter des cadres étrangers sur le territoire, croyez-moi, ce n'est pas pour rien. Il nous reste un peu plus de vingt-quatre heures de garde à vue avec Ziggy. Vous les faites avec nous, vous essayez de rattraper les erreurs qui ont été commises lors de l'audition de chique. Et si on fait chou blanc, vous retournez jouer à Mère Teresa avec les toxicos, ça vous va ?

Valmy regarda Victor pendant de longues minutes. Ses yeux, surtout. Ce regard, qui tient lieu de point commun entre un bon flic et un épagneul qui a levé un garenne. Il observa la façon dont la jeune commissaire buvait les paroles de son subalterne. Le fait qu'une bonne élève pareille accepte de se livrer à ce genre de coup tordu acheva de le convaincre.

— Je vais entendre Ziggy dans votre bureau, madame le commissaire. On va jouer le coup de la moquette. Et puis on va aller acheter des tempura de crevettes. Il m'a déjà dit qu'il adorait ça. Je voudrais juste attendre d'avoir la vidéo avant l'audition, histoire d'avoir des billes. En revanche, je vous préviens, je ne garantis rien. Je ne connais pas la vie de ce gamin, mais il n'a pas le regard qui flanche. Il va falloir marcher sur des œufs. Vous n'envoyez surtout pas Edwige à son contact, elle est douce comme tout, il va la manger toute crue s'il en a envie.

Quinet et Queffelec échangèrent un regard mal à l'aise. C'est Victor qui le dissipa ; en adressant à sa nouvelle patronne le premier sourire sincère de leur histoire.

Tokyo, 2007

Il aurait pu être son père. Peut-être l'était-il, d'ailleurs. Sa mère et lui n'en avaient jamais eu de nouvelles. Le genre de type qui disparaît aussi vite qu'il s'est satisfait quand apparaissent des rondeurs au niveau du ventre. C'était un Français au visage rubicond, un peu couperosé. Pas la couperose des alcooliques irrécupérables, qui empêche toute ascension sociale. Quelques discrets vaisseaux au coin d'un nez disgracieux à la rougeur traître. Son costume à la coupe approximative, sa chemisette pastel et sa pingrerie sans nom – qui négocie dix minutes le prix d'une passe ? – ne trompaient point, contrairement à lui : cadre moyen en voyage d'affaires. Une sorte de loser incompétent que son patron avait envoyé au bout du monde pour une rencontre sans enjeux que personne au sein de l'entreprise n'avait le courage de mener jusqu'au bout. Et qui, profitant d'une illusion de liberté causée par la distance, l'exotisme et sa propre connerie – actionnaire majoritaire de l'opération – était allé s'encanailler dans Shinjuku. Il avait franchi la porte du bar dans lequel bossait Ziggy ; ce qui n'était pas, de prime abord, un mauvais choix : le client ne payait que ce qu'il consommait, couchait réellement avec les filles et ne se faisait pas détrousser. Seulement, voilà, quand, fort de l'intelligence d'un morse en rut, on cherchait à doubler les bandits à qui appartenait l'établissement… On finissait sur le dos, le poids d'un gamin de quatorze ans appuyé sur la poitrine, pour enfin découvrir que le môme avait des enclumes à la place des mains. Le poing gauche de Ziggy s'écrasa sur l'arête nasale du micheton, provoquant un craquement qui, l'espace d'une seconde, prit le pas sur la musique electro cheap diffusée en sourdine dans la chambre. La fille, une petite brune boulotte, souriait à moitié en voyant le vieux dégueulasse châtié de la sorte. C'est un crochet du droit asséné par Ziggy qui fit exploser l'arcade sourcilière du type. La douleur était atroce, il avait le sentiment qu'un trente-huit tonnes lui avait roulé dessus. S'il avait su que le trente-huit tonnes en question avait à peine l'âge de passer son brevet des collèges… Le peu de dextérité qu'il lui restait dans la mâchoire servit à ce qu'il articule, enfin, « Je paye, je paye… ». Le gros porte-flingue et le petit gominé entrèrent dans la chambre et saisirent Ziggy, qui n'entendait même plus la complainte de son compatriote. Il soufflait comme un bœuf, les poings serrés. L'homme sortit des billets cachés dans une poche « secrète » de sa ceinture banane et s'en alla sans demander son reste. Il expliquerait à sa femme, de retour à la maison, qu'une bande de voyous tokyoïtes l'avait dépouillé sans ménagement dans une ruelle autour de son hôtel. Bien évidemment, il ne mentionnerait pas la façon dont cette petite prostituée japonaise l'avait excité, avec sa mini-jupe et son look d'écolière. La manière dont l'apothéose avait été la sucette qu'elle avait mangée devant lui dans le bar, avec des yeux d'une tristesse profonde et vernis à la libido feinte. Ce qui avait achevé de le convaincre de monter avait été le cartable qu'elle portait. Lui qui depuis tant d'années se pognait sur des pornos glauquissimes pouvait enfin voir son rêve devenir réalité. La redescente avait été violente.

Par la fenêtre du bureau de son patron, Ziggy regardait, un sourire satisfait aux lèvres, s'éloigner celui qui avait, avouons-le, un peu pris pour les autres. Le propriétaire du bar posa sur son épaule une main tatouée, puis lui chuchota, dans un anglais teinté d'un accent taïwanais à couper au couteau. « Tu te débrouilles bien, petit. » Ziggy, qui comprenait un mot sur deux, répondit d'un demi-sourire. « Tu as payé ta dette, petit. Tu es libre… Pars… » Le gamin secoua la tête. L'homme s'assit derrière son bureau, les mains jointes. Il se mit à rire, ce qui décontenança l'adolescent. « Tu veux rester travailler ici ? Mais tu as encore l'âge de dormir chez ta mère. Tu es qui au juste ? D'où tu viens ? » Le môme regarda ses pompes. Il se mit à trembler. Depuis deux semaines, il avait pris l'habitude… De frapper des étrangers mauvais payeurs, de boire une limonade au bar, de faire l'amour gratuitement avec les filles… Tout ça, il aurait pu y renoncer sans difficulté… Il se frotta les bras. L'homme, devant lui, sourit. Cela faisait deux longues semaines, pour lui aussi, que cette scène se jouait dans son bureau. Ziggy frottait de plus en plus fort. Ses dents étaient si serrées qu'elles grinçaient, agaçant l'homme qui le regardait avec pitié. Les muscles des mâchoires de l'adolescent étaient si contractés que son visage maigre en affichait les stigmates. Sa respiration s'accéléra. L'homme laissa la situation se dégrader encore quelques minutes, puis sortit une pipe et un cristal blanchâtre. Le gamin se jeta dessus, tout en continuant de regarder ses pompes. Jamais un patron de bar à filles ne renoncerait à un si bon soldat, qui ne lui coûtait que quelques limonades, des tempura de crevettes et un peu du stock qu'il écoulait par kilos dans le dos des yakuzas.

– 11 –

Hakim étouffait. En plus du groupe dans sa totalité, avec Alice Quinet, Valmy et Graziani, c'était près d'une dizaine de personnes qui étaient massées derrière lui, les yeux rivés sur son écran d'ordinateur. « Bon alors, mon vieux, appuyez sur *lecture* », lui intima Graziani, impatient. Le flic s'exécuta, le doigt tremblant. L'écran resta noir pendant quelques secondes. Puis une tête cagoulée de cuir fit son apparition dans le champ. La caméra se déplaça pour faire un plan de type travelling un peu bancal sur le corps de la tête tatouée. Une femme, dans le plus simple appareil. Sans tatouage ni signe distinctif. Puis, l'écran redevint noir. L'image suivante était celle d'une chambre d'hôtel vide. La caméra semblait dissimulée derrière quelque chose. Un oreiller, à en croire les morceaux de tissu qui bordaient le cadre. Entra un petit homme gras qui semblait tenir quelque chose dans sa main droite. Les flics se regardèrent : c'était Morita. Dans sa main, une laisse. Et au bout, une femme nue, cagoulée de cuir. Vraisemblablement la même que dans le premier plan. Le petit homme lui fit signe de monter sur le lit. Hakim regarda défiler la barre de temps de la vidéo. Il restait quinze minutes. « Je crois que l'on va avoir droit à tout le spectacle… »

Une fois la vidéo terminée, un silence pesant s'installa dans le bureau. Chacun digéra ce qu'il venait de voir. Morita, qu'ils avaient trouvé estropié il y a à peine trois jours, s'était livré, pour le plus grand bonheur du réalisateur amateur de la vidéo, à une démonstration de tout ce que les sites Internet les plus confidentiels recelaient de perversions et de dérives. C'est Edwige qui brisa la glace. « Je pense que je vais me passer de déjeuner… » Graziani, directeur de la PJ, redevint enquêteur l'espace d'une minute et prit la parole.

— Bon, on vient de voir ce qui pouvait exister de plus crade en termes de cul. Soit. Mais si on essayait de penser comme des flics et pas comme des bonnes sœurs, qu'est-ce que ça nous dit ?

Valmy enchaîna.

— De toute évidence, on a fait chanter notre suicidé pour obtenir de lui on ne sait quoi. C'était quoi exactement, son job ?

— Il travaillait dans une boîte qui produit des algorithmes servant à des démarches marketing, répondit Julien.

Valmy et Graziani grimacèrent.

— Et en français, ça donne quoi ?

— En gros, c'est une sorte de formule mathématique qui permet de recouper les informations qu'on laisse traîner sur Internet pour pouvoir mieux cibler ce dont vous avez besoin, et vous proposer des pubs en fonction, par exemple, enchaîna la commissaire Quinet.

— Et qui pourrait avoir l'idée de faire chanter un type qui fait ça ? lança Graziani, en faisant semblant d'avoir compris du premier coup l'explication de la jeune commissaire.

— Tout le monde. N'importe quelle grosse boîte qui a envie de mieux vendre ses produits. Plus ce genre de formule est précis, mieux ils peuvent cibler, donc plus ils sont certains de taper juste avec leurs pubs.

Valmy s'éclaircit la voix.

— Bon, j'ai pas complètement pigé, mais de toute évidence il faut qu'on parle aux employeurs de Morita.

— On les a déjà contactés, rétorqua Victor. Ils sont basés à Tokyo, on leur a proposé une visioconférence demain matin pour que ce soit la fin de la journée chez eux.

— Je ne suis pas hyper optimiste sur le résultat, en revanche, opposa Julien. Ces entreprises-là se font une réputation sur leur discrétion. Les gens qui prennent du Viagra ne veulent pas que ça se sache. Pour les algorithmes ciblés, c'est pareil…

Graziani haussa la voix pour lui-même.

— On ne va quand même pas se laisser balader à distance. S'il faut qu'on aille jusqu'à Tokyo pour leur faire cracher le nom de leurs clients, on ira. Ça nous permettrait aussi de discuter avec la femme de Morita. En attendant, il nous reste quelques heures de garde à vue pour entendre Ziggy. C'est notre priorité pour le moment. Je vais voir comment gérer le reste avec le juge.

– 12 –

Les stores du bureau étaient baissés, les lumières un peu tamisées. Valmy avait tout fait pour que Ziggy n'ait aucune idée de l'heure qu'il était, ni du temps qu'il passerait à répondre à ses questions. C'était un garde-détenu qui l'avait mené jusqu'au bureau dans lequel le flic l'attendait. Il avait usé de sa technique vieille comme le monde : se raser de près, avoir l'air de sortir de la douche, sentir bon… Prendre l'ascendant, d'entrée. Les seules choses que Valmy savait de Ziggy étaient qu'il aimait les tempura de crevettes, dont il se nourrissait quasi exclusivement et, au vu de ses avant-bras et de ses dents abîmées, qu'il prenait de l'héroïne.

— Assieds-toi, Ziggy. Comment tu vas ?

Valmy parlait d'une voix douce, lui adressait ce regard plein de compassion dont il avait le secret. Une tornade bleu glacier qui donnait immédiatement envie de lui faire confiance.

— Bien, monsieur. C'est gentil à vous d'être venu.

— Tu imagines bien que si je suis venu, c'est que c'est grave, non ?

— Peut-être. Je sais pas…

Valmy regarda les mains de Ziggy, qu'il tentait de dissimuler entre ses cuisses.

— Comment tu t'es fait ça ?

— C'est l'entraînement… C'est comme ça, ça doit faire mal.

La réponse, tranchante, mit le flic mal à l'aise.

— Tu t'entraînes souvent ?

— Tous les jours, depuis mes huit ans.

— Et tu t'entraînes à quoi ?

— Je fais des arts martiaux, vous savez bien. Ils m'appellent tous « le ninja » dans mon dos…

— J'étais pas au courant. Tu sais, ça ne fait pas longtemps que je suis là, je ne sais pas encore tout… Et pourquoi ils t'appellent « le ninja » ? T'as faim ? Valmy déposa devant Ziggy un sachet de livraison à domicile duquel il sortit une barquette en plastique noir où étaient disposés quelques tempura.

Le jeune homme, affamé, fit non de la tête.

— Je sais pas pourquoi on m'appelle « le ninja ». C'est comme ça… C'est peut-être parce que avant j'étais au Japon.

— Qu'est-ce que tu faisais là-bas ?

— Ben je m'entraînais. D'abord dans une école, puis j'ai un peu bricolé à droite, à gauche…

— Et pourquoi t'es rentré ?

Ziggy prit un tempura, puis planta dans les yeux de Valmy un regard déterminé.

— Ça fait deux jours que je suis là, vous voulez pas me dire pourquoi vous m'avez fait venir, monsieur ?

— À ton avis ?

— Je sais pas… les produits ?

Le flic fit l'étonné.
— T'en prends ? C'est pas très compatible avec le sport, si ?
— Je gère…
— Et comment tu le payes ?
Ziggy reprit une crevette et s'enfonça dans son fauteuil. Une étincelle s'alluma dans ses yeux.
— Ça aussi, je gère…
Valmy se pencha vers lui.
— Tu vas pas pouvoir me répondre « je gère » à toutes les questions, petit. Comment tu payes tes prods ?
— Je bricole, ça va… À droite, à gauche…
— Quel genre de bricole.
— Des petits jobs… Rien d'illégal, hein. Je fais du recouvrement de créances, de la protection rapprochée…
— Et tu fais ça pour qui ?
— Des mecs, à droite, à gauche…
— Si c'est pas illégal, tu peux me dire qui c'est, non ?
— Je préfère pas…
— Et tu peux me dire autre chose ? Par exemple, où tu le fais ?
— Ben… Un peu partout, ça dépend…
— T'es déjà allé dans des hôtels, par exemple ?
— Oui, ça peut…
— Des beaux hôtels ?
— Ça peut aussi…
Valmy tapa du plat de la main sur la table.
— Tu sais que je sais des trucs ?
— Non…

— Alors écoute, je vais t'expliquer. On a retrouvé ton empreinte dans une chambre d'hôtel à Paris…

— C'est possible. Et ?

Le flic ouvrit devant Ziggy la pochette dans laquelle étaient collées les photos de la scène de crime.

— Et dans cette chambre d'hôtel, on a retrouvé ça. Un Japonais éventré. Alors tu vois, on a ton empreinte, t'as vécu au Japon, tu fais du recouvrement de créances… Moi, dans ma tête de flic…

Ziggy sembla perdre pied, puis se ressaisit.

— Eh, j'ai rien à voir là-dedans, moi. Qu'est-ce que vous cherchez à me coller sur le dos ?

— Pourquoi ton empreinte était dans la chambre ? Tu le connais, ce type ?

Ziggy cria.

— Oui, ça va. Je suis allé le voir pour lui donner une lettre et une clé USB. Mais je sais rien d'autre, putain, je vous jure ! C'est juste un mec pour qui je bosse qui m'a demandé ça, et j'y suis allé. Mais quand je suis reparti, il était bien vivant. Secoué, mais vivant…

Un silence s'installa.

— Et quoi ? C'est qui, ce mec ?

— Je connais pas son nom. C'est un Japonais, c'est tout ce que je sais. Il sait où me trouver, alors il me trouve. Et il me demande d'aller donner des documents à des types en leur faisant peur.

— Comment tu leur fais peur ?

— Je les plaque au sol, je les immobilise et je leur dis de lire attentivement les documents. Voilà, c'est tout…

— Tu pourrais le reconnaître, ce type, mon grand ?

Ziggy se mit à pleurer.

— Ils sont dangereux, je ne peux pas…

— Mais si tu m'en donnes pas plus, ta version, elle tient pas devant le juge. Donc, tu peux ou tu peux pas ?

Le jeune homme étouffa un sanglot. Le temps était en suspens. Valmy savait que toute l'audition était sur une ligne de crête. Enfin, Ziggy hocha la tête, dans un soupir de soulagement.

– 13 –

L'ordinateur ramait, pour changer. Valmy pestait devant Hakim, impuissant face à la machine. Seul Ziggy restait de marbre, comme à son habitude. Enfin, le logo designé par les graphistes du ministère de l'Intérieur apparut sur l'écran. Le TAJ, le fichier des antécédents judiciaires, avait enfin été ouvert. En 2021, n'importe qui prenait l'ouverture d'un logiciel pour acquise ; mais chez un fonctionnaire de police, cela avait toujours un petit goût de victoire. Hakim parlait sans détourner les yeux du document qu'il était en train de remplir.

— Alors Ziggy, il ressemble à quoi, le mec qui t'a demandé de remettre les documents à Morita ?

— C'est un Japonais…

Hakim remplissait les cases au fur et à mesure.

— Il va falloir m'en dire plus, là… Il a quel âge ? Il est grand comment ?

— Il fait un mètre soixante-quinze à peu près. Il est plutôt mince… Il doit avoir quarante ans.

— Ses cheveux ? Il est chauve ?

— Non, il a une coupe courte mais il est pas chauve.

— Il a des cicatrices ?

— J'en ai pas vu.

— Des tatouages ?

— J'ai vu que ses mains, il a la queue d'un dragon en couleur sur le dos de la main gauche.

— OK, rien d'autre ? Il parle français ?

— Non, il me parle en japonais. Il a un accent de Kyoto, mais je suis pas certain que ça vous aide…

— Tout nous aide.

Hakim appuya sur « *entrée* » et lança la recherche. Dans un film aux décors léchés, il y aurait eu sur l'écran une animation montrant la progression de la machine dans sa quête du suspect idéal. Ici, plus rien ne répondit pendant d'interminables secondes. Valmy paniqua, son collègue se montra rassurant. « T'inquiète, Philippe. Il fait toujours ça… Tiens, regarde… » Un écran blanc afficha « recherche négative ».

Valmy tapa sur l'épaule de Hakim. « Enlève la nationalité. S'il a été interpellé pour une connerie et qu'il n'a rien dit de toute sa garde à vue, il n'a pas pu donner sa nationalité. » Hakim relança une recherche. Trois résultats. Le cœur des flics s'accéléra. La première photo s'afficha devant Ziggy, qui fit non de la tête. La seconde lui fit le même effet. S'afficha la troisième. Il approcha sa tête de l'écran, dévisagea l'image quelques secondes… Valmy était au bord de la crise de nerfs. « Alors ? » Ziggy le rabroua. « Eh, laissez-moi un peu le temps, là… C'est pas facile, votre truc… Non, c'est pas lui, je suis désolé, monsieur… »

– 14 –

Ziggy était en train de signer la fin de sa garde à vue et sa remise en liberté. Valmy l'accompagnait. Pendant qu'il écrivait avec difficulté son nom et son prénom en guise de signature en bas du formulaire, le flic se surprit à le regarder avec tendresse.

— Tu vas aller où, maintenant ?

— Vous savez bien, monsieur.

— Le médecin ne t'a pas filé un truc pendant ta garde à vue ?

— La méthadone, c'est un pansement sur une hémorragie…

— Tu vas retourner dormir au campement ?

— Et vous ? Vous allez revenir nous voir, avec Sergio ? Vous avez l'air de préférer faire de la vraie police…

— T'as raison et t'as tort. Je vais rester un peu au 36, là-dessus, t'as raison. Mais ce que je fais avec Sergio, c'est de la vraie police.

— Vous arrêtez personne.

— Non, on fait autrement. On est là, on parle. On essaye de filer un coup de main. De temps en temps, on va secouer des dealers qui vous malmènent.

On bricole, en fait. On colmate quelques trous. C'est aussi ça, faire de la vraie police.

— Vous êtes bizarre, monsieur. Vous y croyez, à vos colmatages ?

— Non, mais quand on colmate un truc, on fait semblant d'y croire. Ça nous donne l'énergie de recolmater le lendemain…

— Et au final ?

— Au final, on traverse notre carrière. Et quand on se retourne, on voit qu'on avait envie de changer le monde… Qu'on n'a pas réussi… Mais on se souvient de ceux qu'on a aidés, et on dort un peu mieux.

— Et ceux que vous avez pas aidés ?

Valmy resta silencieux.

— Allez, récupère ta fouille, je te fous dehors.

Devant la grande entrée du 36, rue du Bastion, Ziggy tendit la main à Valmy, qui se fit broyer les phalanges. Il griffonna son numéro de téléphone sur une vieille carte de visite et la lui tendit. « Si t'as besoin d'un truc, ou si la mémoire te revient… » Ziggy fourra le papier dans sa poche et traîna sa silhouette carrée vers le métro. Pour la première fois depuis quelques mois, Philippe Valmy s'alluma une cigarette. Il l'emmerdait, ce gamin, avec ses questions débiles. Et si ça lui allait, à lui, de jouer les bons Samaritains ? Et si ça faisait disparaître, l'espace de quelques secondes, les fantômes d'Élodie, de Louis, de Max, de Sanagari ? Pourquoi on ne le laissait pas faire, bordel ? Ce n'est pas en colmatant qu'il les oublierait définitivement. Ils peuvent arrêter de s'inquiéter, les fantômes… Personne ne leur volera leur place.

– 15 –

Il avait trouvé le sommeil sur un coin de béton à l'odeur de soufre. Il ne dormait qu'à moitié, réveillé tour à tour par des coups de Klaxon, des cris d'ivrogne, une sirène qui s'évanouissait dans la nuit ou la conviction soudaine qu'un type s'approchait pour lui trancher la gorge. Un vent facétieux balayait le trottoir. Il regardait vers le haut, l'encadrement arrondi de la porte cochère, gris et granuleux, le rassurait. C'était un mur infranchissable, la dernière chose qu'il verrait, peut-être. Cette nuit, il n'était plus sur ses gardes, il avait décidé de laisser venir le danger, de ne plus sentir dans sa nuque son souffle rauque. Subitement, il se retourna face aux roues de la voiture stationnée le long du trottoir. La même qu'à son arrivée. Tout allait bien. Tout irait bien. Un crissement tout proche se fit entendre, il orienta de nouveau son regard vers la pierre grise, serra les dents. Le bruit se fit de plus en plus présent. Brusquement, alors que le son lui chuchotait à l'oreille, il fit volte-face… Pour se retrouver nez à nez avec un sachet de papier kraft siglé de deux croissants et d'un pain au chocolat. Presque certain que personne ne le surveillait, il craqua et partit à la recherche de souvenirs enfouis, sur la poussière desquels il déposa un souffle.

Les piaillements de ses camarades ne l'avaient pas déconcentré. Dans son kimono trop grand, affublé d'une ceinture blanche – qu'il avait dû, pour ne pas qu'elle traîne par terre, nouer trois fois autour de sa taille –, Ziggy était appliqué et timide. Il avait ce souci du travail bien fait du débutant qui veut que l'on sache à quel point il est doué. Ses petits poings fragiles caressaient les pattes d'ours de son maître. Il accompagnait ses coups des « kiaïs *» rageurs que lui avait enseignés ce vieil homme bedonnant, aux mains calleuses et au sourire enveloppant. Fatigué, le gamin s'arrêta. Assise sur le vieux banc de bois près de l'entrée, sa mère le regardait avec un mélange de tendresse et d'espoir. Ce regard propre aux mères seules qui n'ont comme certitude absolue que leur abnégation, et pour qui assurer à leur progéniture un avenir doré relève du mythe de Sisyphe. À sa vue, Ziggy se précipita vers elle, les bras grands ouverts, laissant sur le tatami ses attitudes de guerrier intrépide. Elle le serra contre sa poitrine, un peu plus fort que d'habitude. Telle une magicienne, elle sortit de derrière son dos un sachet en kraft sur lequel s'étaient formés un continent de gras et quelques îlots de chocolat, promesses d'un goûter bien mérité pour son petit ninja. Le petit homme trapu à la ceinture noire qui, pour Ziggy, ressemblait à Batman, s'approcha de la mère qui n'avait pas eu le temps de se départir de son tailleur et de son badge* Réception. *« Madame Philippon, vous avez ici un vrai petit combattant. C'est le seul gaucher de mon groupe,* *et il en a vite pris conscience. J'espère vous revoir la semaine prochaine... » « Je ne sais pas encore trop, monsieur... » L'homme la couva d'un regard qui allait comme un gant à ses grosses paluches. « Renvoyez-le moi la prochaine fois, on se débrouillera... »*

Il se mit à trembler. Les effets du manque commençaient à se faire sentir. Un éclair de conscience traversa la brume. Il ne savait plus ce qui lui manquait le plus, sa mère ou sa dose. Il fixa le trottoir, la menace pouvait venir. La menace devait venir…

– 16 –

Si l'on se penchait un petit peu et que l'on regardait bien, on pouvait contempler l'ouest de Paris par la fenêtre de l'open space dans lequel Philippe Valmy égrenait les secondes en attendant que son téléphone vibre. Il n'avait aucune idée de la manière dont tout cela allait tourner, ni de la raison précise pour laquelle il était encore là, à errer dans les couloirs de la Crim'. Encore moins ce qui avait poussé le docteur Ichiguro à venir déposer son rapport d'autopsie en personne à Victor. Quant à la science occulte qui fit que, pas loin de deux ans après leur dernière affaire ensemble, elle se souvint encore de lui… Et alors, cerise sur le gâteau, celle ou celui qui serait en mesure d'expliquer par quelle opération du Saint-Esprit il avait réussi à tenir face à elle une conversation presque souriante serait couronné d'un prix Nobel. C'est donc sans surprise que restait entier le mystère auréolant le moment où il lui avait proposé de discuter de l'affaire autour d'un dîner, ce à quoi elle avait répondu par un sourire qu'il hésitait à qualifier de mutin.

Alors, Valmy regardait son téléphone portable, posé sur un bureau vide qui n'était pas tout à fait le sien. Il attendait comme un gamin qu'une sonnerie vienne mettre fin à son supplice. Il s'était jeté à l'eau, et ce type d'audace, aussi futile soit-elle, est mère d'une attente qui, tant qu'elle n'est pas satisfaite, supplante tout. Une vague de culpabilité s'empara de lui. Ce frisson éphémère, l'adrénaline de l'enquête… Ses fantômes passaient peu à peu au second plan. Il eut soudain l'impression de les abandonner, de ne pas leur rendre justice. Une sorte de vide abyssal s'ouvrit sous ses pas lorsqu'il parvint enfin à les éloigner, lui qui ne rêvait que de cela. Comme si la tristesse était un état permanent, le seul qu'il sache encore gérer. Il ne savait plus être gai, ne savait plus séduire ni rire. Il se servait de ses mots d'esprit comme d'un fin vernis qui permettait un simulacre de vie sociale. Philippe Valmy, pour parfaire le cliché du flic dépressif, souffrait, face à ses angoisses, d'un beau syndrome de Stockholm…

Enfin, son téléphone fit gronder le contreplaqué du bureau. Ses pulsations cardiaques s'intensifièrent. C'était un numéro qu'il ne connaissait pas. Il se souvint qu'il n'avait jamais enregistré celui de Karine Ichiguro. Son cœur accéléra de plus belle. Il regarda autour de lui. Personne. Il expira longuement. Ferma les yeux, plaqua le téléphone contre sa poitrine, et s'intima l'ordre de ne pas tout faire foirer. Enfin, il décrocha.

— Allô ?

Il tenta d'avoir l'air le plus détaché possible, de masquer sa voix chevrotante.

— Allô, monsieur ? C'est Ziggy.

Changement d'ambiance. Le rythme cardiaque de Valmy ne changea pas.

— Je t'écoute.

— Écoutez, je vous ai pas exactement tout dit. Mais il faut que vous me promettiez que personne ne saura que ça vient de moi.

— Tu seras une source anonyme. Ça te va ?

— Non, non. Même moi qui comprends pas trop ce qui se passe, je sais qu'une source anonyme qui balance juste quand je sors de garde à vue, c'est étrange. Donc, non.

Valmy adoucit sa voix.

— On va se démerder, OK ? Dis-moi ce que tu as à me dire.

— C'est juste que quand je vous ai dit que le mec savait où me trouver, c'était vrai. Mais un jour, je me suis demandé qui c'était. Donc, je l'ai suivi. Il m'avait trouvé dans le métro, cette fois-ci. Alors quand il m'a donné les trucs, j'ai mis une casquette et j'ai regardé à quelle station il descendait…

— Et ?

— Et laissez-moi finir, à la fin. Il est descendu à Mairie de Montreuil, je l'ai suivi jusque dans une petite rue. Là, y avait plus personne, donc je me suis barré.

— Tu as vu où il allait ?

— Il est rentré dans un troquet, je me souviens plus du nom.

— Et la rue ? Tu te souviens du nom de la rue ?

— Non, monsieur.

— Et tu pourrais y retourner ?

— Ça, oui.

— T’es où, là ?
— Je suis vers la gare de l’Est…
— Je viens te chercher et on y va ensemble, d’accord ?

Valmy ne laissa pas le temps à Ziggy de répondre. Il se leva comme un diable sorti de sa boîte et demanda à Julien de l’accompagner. Il ne lut qu’en diagonale le SMS de Karine Ichiguro, qui lui proposait de le retrouver le soir même à vingt et une heures dans un restaurant italien.

– 17 –

Il avait l'impression de redécouvrir le va-et-vient des serveurs, les cris entre la salle et la cuisine, les assiettes de pâtes fumantes généreusement servies. Il faisait glisser ses doigts sur les petits losanges qui composaient la nappe en papier. Ces nappes hors d'âge, sur lesquelles on finit toujours par griffonner, dont on arrache un morceau de temps en temps ; qui se chiffonnent, qui se plient, qui se jettent à la fin d'un repas ; ces nappes sur lesquelles on balance des injures, on murmure des « je t'aime ». Ces nappes sur lesquelles Picasso dessinait quelques traits lorsqu'il voulait payer une addition. Parmi ces milliards de nappes, produites par une usine quelconque, une seule permettait à Valmy de calmer ses angoisses. Bien évidemment, la nappe était aidée dans sa tâche par un verre de Lagavulin que lui avait apporté Momo. Momo, la cinquantaine trapue, les cheveux bouclés noir d'ébène, le teint hâlé ; qui insistait pour que ses serveurs l'appellent Luigi. Un Luigi dont l'accent avait décidé de trouver ses racines de l'autre côté de la Méditerranée, mais qui préparait les meilleures penne à l'arrabiata de tout Paris. Momo, qui gardait toujours une bouteille de Lagavulin pour Valmy, même s'il ne l'avait pas vu depuis deux ans. Momo, qui avait décidé de laisser le casse-bonbons se retourner pour le héler depuis la table huit et empirer son torticolis, pour s'asseoir en face du flic.

— Ça fait longtemps que je t'ai pas vu, Philippe ! Qu'est-ce que tu deviens ?

Valmy se voyait déjà lui répondre « Oh, moi, trois fois rien. Ma femme est morte, mes deux meilleurs amis aussi. Un de mes potes est serial killer, et je suis stérile. Je sème les cadavres derrière moi et je parle à des fantômes. Autant te dire que je suis au top… ». Il se contenta d'un simple :

— Plutôt pas mal. Tu sais que tes pâtes font le tour de Paris. Figure-toi que j'attends quelqu'un et que ce n'est même pas moi qui ai choisi le resto…

— Je suis connu comme le loup blanc, que veux-tu. Je t'en sers un autre ? C'est pour moi… dit-il en mettant un coup de menton provocateur vers le verre qui se vidait.

— Pas tout de suite, mon ami. Je veux être en forme quand elle arrivera.

— Sacré tombeur, tu ne t'arrêtes jamais, hein…

— Tu n'as pas idée, mon vieux…

Valmy ne put réprimer un regard de glacier en train de fondre que Momo fit semblant de ne pas voir.

Lorsque Karine Ichiguro entra dans le restaurant, il était en train de scruter attentivement les piments qui se baladaient dans une bouteille de sauce piquante aux formes callipyges et sur laquelle était tressé un revêtement de paille qui entendait lui donner un côté authentique, propre à rappeler au Parisien moyen son dernier séjour sur la côte amalfitaine. Sentant une présence, il leva les yeux, pour la voir s'approcher de la table d'un pas presque félin. Karine Ichiguro, à y réfléchir, avait beaucoup du félin. Des yeux aux larges iris qui, quand ils l'avaient décidé, avaient la capacité de ne plus vous lâcher, une forme de détachement dans sa posture, son attitude, face à laquelle il était impossible de douter une seule seconde que c'était elle qui menait la danse. Et, en même temps, une douceur rassurante qui ne vous faisait pas craindre de l'approcher. Elle tira la chaise en souriant.

— Bonsoir, Philippe !

— Bonsoir, Docteur. Figurez-vous que…

— On va peut-être se passer du vouvoiement et du « commandant » et « docteur » ce soir, non ? Tu veux du vin ?

Lorsque Momo arriva avec la bouteille de chianti qu'ils avaient commandée, Valmy la regarda pendant de longues secondes, avant de tendre une main timide pour en attraper la base. « Je te sers ? – Volontiers. » Il tenta de dissimuler ses tremblements d'adolescent. Il n'avait pas loin de soixante ans, les cheveux gris, les traits creusés. Il avait une carrière de flic plus que respectable. Et il était paralysé à l'idée de ce rendez-vous qui, finalement, n'avait peut-être rien de galant. Lui, le vieux loup à qui on ne la fait plus, s'est peut-être mépris sur les intentions de la médecin légiste qu'il avait croisée dans un couloir du 36. Oui, c'était ça ! Il s'était planté. Elle était là pour lui parler de l'affaire. Sans ôter sa main de la bouteille, il lança la conversation. « T'as vu la sale affaire qui nous est tombée dessus ? – Ah, ça j'ai vu, oui ! Un hara-kiri dans les règles de l'art. Et je m'y connais un peu. Mais, tu seras surpris d'apprendre que je ne suis pas venue pour discuter businessmen éventrés… » Valmy sourit nerveusement. Il aurait, tout compte fait, préféré se tromper. « Tu envisages de tenir la bouteille toute la soirée ? » lui dit-elle en pouffant. Il s'excusa et la servit d'une main tremblante. Plus il tentait de réprimer sa nervosité, plus celle-ci se faisait visible. Le cercle vicieux des mal-à-l'aise ; la valse des timides dont, ici, le grand final fut une énorme tache de vin qui s'étala sur le chemisier en soie de Karine Ichiguro. Valmy se confondit en excuses. Ses mains de pianiste lui firent tout à coup l'effet de grosses pattes d'ours maladroit. Son corps longiligne lui parut soudain être celui d'un éléphant dans un métro aux heures de pointe. Contre toute attente, il récolta, en semant du chianti, un sourire attendri qui l'apaisa. Karine avait aussi ce don d'apaiser par un sourire. Il se surprit à penser qu'être aussi solaire et passer sa journée entourée de cadavres était, à ses yeux, absolument effarant. Il tenta de changer de sujet.

— Une question, et je te promets qu'on arrête. Tu veux bien me dire pourquoi tu t'y connais en hara-kiri ?

— T'arrives pas à être autre chose qu'un flic ?

— Seulement après un verre de chianti.

— Allez, deal. Figure-toi que, comme mon nom de famille l'indique, je suis d'origine islandaise. Mon père a quitté le Japon avant ma naissance, il n'y est jamais retourné. Quand j'ai terminé mes études de médecine, j'ai voulu en savoir un peu plus sur mes racines. Donc j'ai pas mal lu, et j'ai passé une licence en langues, littérature et civilisations étrangères à la Sorbonne. Pour le fun. Bref, et comme je l'ai dit à Queffelec, votre victime s'est suicidée selon les règles de l'art. Avec le verre d'alcool avant, l'incision verticale qui est supposée être plus douloureuse, pour mieux expier les fautes. Et maintenant, si tu as la moindre question de plus, tu prends rendez-vous aux heures de bureau. Et toi ? Qu'est-ce que tu fous à la Crim' ? Je pensais que tu avais raccroché les gants.

Valmy saupoudra ses pâtes de parmesan et mastiqua sa première bouchée avant de répondre.

— Apparemment, on ne quitte jamais vraiment la Crim'. En tout cas, eux savaient où me trouver. Ils ont serré un de mes indics qui a demandé à ce qu'on m'appelle…

— Ils ont serré un de tes indics ? Selon mon rapport d'autopsie, le Japonais s'est fait ça tout seul. Donc, je vois pas comment…

Valmy sourit en coin.

— Si tu veux plus d'infos, prends rendez-vous aux heures de bureau…

— Allez…

— Bon, je t'accorde ce point. Il s'est fait ça tout seul, mais on l'y a poussé. Et il semblerait qu'il y ait un fil à tirer là-dessus. Alors Graziani a fait tenir une provocation au suicide pour faire saisir un juge d'instruction. C'est bancal, mais ça fonctionne et légalement, vu que c'est passible de quelques années à l'ombre, on peut agir comme on veut. À nous de trouver des infractions connexes…

— OK, donc en fait, t'as pas du tout raccroché les gants…

Valmy, cette fois-ci, dévoila quelques dents.

— On se prend des panna cotta ? Elles sont incroyables !

Ils sortirent du restaurant un peu éméchés. Karine riait, elle se tenait au bras de Valmy qui marchait d'un pas plus léger que d'habitude, sa veste sur l'épaule. Elle serra son avant-bras un peu plus fort.

— Tu veux venir prendre un verre ? J'habite pas loin, et j'ai du super whisky japonais… Pour ne pas faire dans le cliché, tu vois ?

Valmy sentit son cœur battre la chamade. Il se mit à frissonner. Il avait envie d'elle, envie de ce whisky japonais. Il s'arrêta d'avancer, se tint face à elle, sur le trottoir. Leurs yeux se rencontrèrent. Il les regardait si intensément qu'il voyait l'imperceptible mouvement de ses iris foncés. En arrière-plan, à l'angle de la rue, il vit se dessiner quelques silhouettes. Il posa un baiser sur le bout des lèvres de Karine.

— Pas ce soir, je préfère pas.

Il se libéra de son emprise, tourna les talons et se dirigea vers les silhouettes du bout de la rue, qu'il était le seul à voir. Ce soir, il rentrerait avec ses fantômes.

2010 – Quelque part entre Tokyo et Paris, vol AF 275

Les deux flics qui l'encadraient n'avaient pas dit un mot depuis le début du voyage. Les effets du calmant qui lui avait été administré se dissipaient, lents comme une brume qui se lève sur le chaos de son esprit. Trois ans en apnée. Trois ans qui se soldaient de manière minable, les menottes aux poignets, le cul coincé dans le fond d'une carlingue entre Paris et Tokyo, entouré de deux policiers japonais quasi muets aux mines patibulaires. Tout était allé vite. Les fumigènes, les halos des lampes torches. L'odeur de soufre qui s'échappait des grenades lumineuses qu'avaient fait exploser les services spéciaux en entrant dans le bar. Les cris stridents des filles qui n'avaient pas fermé leur gueule de toute l'opération. Il les aurait cognées pour ne plus les entendre. Si elles avaient vu son poing se lever, elles l'auraient immédiatement bouclée. Les flics n'avaient pas saisi cette subtilité : il était le type le plus chétif, le plus juvénile, et pourtant le plus effrayant de tout le dispositif. D'ailleurs, il aurait eu mille fois la possibilité de faire mordre la poussière aux deux colosses qui avaient l'illusion de le maîtriser. Les cons…

Tout le monde s'y laissait prendre. Avec son visage constellé d'acné, son corps carré et fin, mais sans épaisseur, et le regard torve que lui donnait le savant cocktail d'adolescence et de méthamphétamine, impossible de se méfier. Ses compagnons de cellule étaient tombés dans le panneau. Deux hommes de main, voire hommes d'ongles, des yakuzas. Il se jouait, chez eux, une compétition sans fin entre la simplicité d'esprit et la laideur. Compétition qui avait également l'avantage de dissuader quiconque de leur adresser la parole. En voyant son visage imberbe dans l'encadrement de la porte de leur cellule, ils s'adressèrent un regard traître d'une complicité crasse. Ziggy n'avait jamais appris à parler japonais. Il avait, en revanche, appris à le comprendre. Question de survie. Quand l'un des deux types – un colosse dont les cheveux étaient, inexplicablement, teints en blond platine – s'était approché en lui demandant son prénom, Ziggy n'avait pas répondu. Son regard n'avait pas cillé face à la montagne humaine qui se dressait devant lui. Un type un peu fin d'esprit aurait vu dans ce détail les signes d'une robustesse qui appelait à l'éloignement tout chercheur de noises. De toute évidence, les deux nouveaux camarades de Ziggy n'appartenaient ni à la race des seigneurs, ni même à l'espèce, un peu plus courante, des gens de bonne courtoisie. Le colosse blond platine s'était mis à rire, adressant un regard complice à son comparse, « enfin de la chair fraîche… ». Le deuxième gus s'était alors levé d'un bond, avait attrapé Ziggy par les cheveux, tandis que l'autre avait ouvert sa braguette. Le corps de Ziggy s'était alors figé d'un seul coup. Il était devenu pierre. Il connaissait chacun de ses muscles, savait comment les faire obéir. En quelques secondes, les deux types se tordaient de douleur, face contre sol. Par esprit bravache, Ziggy avait viré les affaires du type aux cheveux blonds et s'était installé sur son lit. Une fois que l'autre eut terminé de cracher ses poumons, il lui ordonna de lui préparer un thé. Le colosse s'exécuta. Le directeur de la prison avait rapidement été informé de l'incident.

Ziggy n'avait ensuite pas dit le moindre mot. Ni au type du consulat ni aux flics qui lui avaient asséné quelques mandales que l'on aurait pu considérer comme « d'anthologie », mais qui ne lui avaient pas même fait l'effet d'une pichenette. Pas de nom, pas d'adresse. Il avait simplement dit « *French* ». Cela avait suffi à le faire atterrir, quelques jours plus tard, dans cet avion, à sentir la sueur rance des deux flics qui l'accompagnaient. Il n'avait pas compris grand-chose à ce qui lui était arrivé. Il ne savait pas non plus ce qui l'attendait. Il ne retournerait pas chez sa mère. Là, sur ce siège inconfortable, au-dessus des nuages. Dans la cabine qui lui piquait les yeux, il ne comprit qu'une chose : sa survie viendrait de ses poings. Ses poings qui, soudain, se mirent à trembler…

– 18 –

Les yeux de Victor fatiguaient. Cinq heures, trois cents minutes qu'il scrutait l'entrée de ce PMU un peu sordide, dont la porte vitrée était bordée d'une vieille peinture rouge qui s'écaillait. Derrière, des rideaux aux couleurs criardes masquaient l'intérieur. Le quidam à qui viendrait l'idée saugrenue de faire du tourisme dans ce quartier glauque de Montreuil aurait imaginé que le rade était fermé. Victor, recroquevillé à l'arrière d'un soum aux couleurs d'une entreprise de maçonnerie, aurait commencé à douter, sans les quasi imperceptibles mouvements du rideau sale qui, s'ils étaient pour lui évocateurs de silhouettes qui se déplaçaient à l'intérieur du bar, pouvaient aussi bien être dus à une fenêtre laissée ouverte par mégarde. Bref, Le Balto devenait de plus en plus une piste froide. Il n'était pas loin de quatorze heures. Julien devait venir le relever d'ici une heure. Il se frotta les yeux, bâilla longuement. Ses genoux le démangeaient, sa colonne vertébrale commençait à se plaindre. Sa vocation de flic de PJ tentait, elle, de ne pas souffrir de ces satanées minutes qu'il passait à surveiller, à travers un rideau poussiéreux, un bistro fermé.

Son téléphone s'éclaira faiblement – il avait désactivé le vibreur, qu'un indiscret aurait pu percevoir s'il lui venait l'idée de coller son oreille au soum. Le simple nom de « Julien », écrit à côté de la petite bulle verte, lui fit l'effet d'une châtaigne de haute volée. Il prit quelques secondes avant d'ouvrir le message. Des secondes en suspens, pendant lesquelles il pouvait avoir écrit n'importe quoi. Du simple « Je pars du 36, j'arrive dans 20 minutes pour la relève » à « tu n'es qu'une ordure qui m'a piétiné alors que je t'aurais donné ma vie » ; les deux auraient été frappés du sceau du bon sens. La version de ce simple SMS qu'il espérait le plus tenait à quelque chose du style « Je t'en supplie, redonne-nous une chance. Je ne peux pas vivre sans toi ». Il aurait alors abandonné la planque, tout envoyé valser pour le retrouver, le serrer contre lui, l'embrasser en lui assurant que tout irait bien. Et, enfin, prendre la courageuse décision de ne plus vivre par le miroir qu'il prenait grand soin de toujours orienter dans une position qui lui était favorable. Il vivrait, tout simplement. Il se laisserait submerger par l'amour de Julien, les baisers de Julien. Ses caresses, aussi. Plus rien n'aurait d'importance, car il aurait tout ce dont il avait besoin pour être heureux sans miroir, sans coups d'un soir, sans rien d'autre que lui. Il profitait de ces quelques secondes de déni, de la force qu'elles lui donnaient. Un sourire se dessina sur ses lèvres. En faisant glisser son doigt vers la droite, il sut que la chute serait un peu brutale, tant il ne lui fallait pas plus d'une seconde pour se projeter dans l'évident bonheur de cette vie qui s'offrait à son imaginaire.

« J'ai permuté avec Hakim. C'est lui qui va venir te relever. Je ferai le créneau 21 h-3 h du matin. » Victor se sentit soulagé, à deux égards. Le mec blessé s'épargnait une énième confrontation gênante avec son ex. Et l'ignoble égoïste qui sommeillait en lui se réjouissait que Julien passe une soirée seul dans un soum plutôt qu'à éventuellement flirter autour d'une bière avec un inconnu. Au moment précis où il continuait à se détester, un taxi s'arrêta au milieu de la rue. Il se redressa à la manière d'un suricate et balaya toute la soupe qui l'occupait.

Un Asiatique en costume mit pied à terre. Il avait la silhouette courbée, le regard fuyant. Il serrait son attaché-case contre lui, comme pour se protéger de quelque chose. Il avança vers le troquet. Victor déclencha son appareil photo. L'Asiatique tapa trois coups timides à la vitre. Le rideau bougea, mais ne laissa rien apparaître. L'homme attendit quelques secondes et poussa la porte pour pénétrer dans une pièce sombre et dépourvue de meubles. Le flic mitrailla, tout en sachant qu'il ne tirerait pas grand-chose de ces clichés.

Des bières étaient ouvertes sur le coin des bureaux. La lumière du soleil, à travers les vitres, rasait Paris. Valmy, sans que personne s'en aperçoive – à part Alice Quinet qui observait tranquillement la scène depuis l'embrasure de la porte –, avait repris sa place de chef de groupe, que Victor lui laissait avec un soulagement évident.

— Bon, la planque devant le rade a pas mal donné.
— Le matin, pas top pour Victor… Mais de mon côté, cet aprem, ça n'a pas arrêté, enchaîna Hakim.

Toujours selon le même modèle. Un taxi – le même, d'après la plaque – dépose des types, style homme d'affaires, asiatiques, devant le bar. Les gus toquent trois fois, on leur ouvre, ils ressortent deux heures après. Le taxi les récupère. On n'en sait pas plus.

— Et concernant le gérant du bar ? demanda Quinet.

— Que dalle, répondit Edwige. Il est géré par un certain Slimane Larbi, qui habite à Bagnolet. Larbi l'a en gérance depuis environ trois ans. Le chiffre d'affaires est stable, d'après Sociétés.com.

— Et le bar n'est jamais ouvert ?

— En tout cas, les collègues locaux n'y sont jamais intervenus – ce qui est rare dans un bar du 93 –, et le chef de brigade à qui j'ai parlé m'a dit qu'il avait toujours vu le rideau baissé. Personne ne s'y est intéressé depuis qu'il a été repris il y a trois ans, vu le boulot qu'ils ont dans le secteur, pas étonnant…

Valmy reprit la parole.

— J'ai un pote qui bosse chez Richard, ils fournissent tout Paris en café. Si le rade fonctionne, ils commandent. Et s'ils commandent, il le saura. Mais ça m'étonnerait beaucoup. Ça pue le lupanar à plein nez, cette histoire.

— Le mieux, ça serait d'envoyer une chèvre pour voir, non ? se risqua Aline.

— Pas vraiment, lui répondit Alice. Ils se font déposer par le même taxi, donc c'est pas pour le tout-venant. À mon avis, il faut filocher le taxi, histoire de voir où et comment il les récupère.

— Justement, madame, intervint Hakim. On l'a identifié, et j'ai lancé une demande de mise sur écoute. Vous pourriez intervenir auprès du juge pour qu'il fasse accélérer les choses, parce que bon, en termes de délais, parfois, ils sont…

La sonnerie du téléphone de Valmy interrompit Hakim.

— Julien vient de m'écrire, y a un type qui s'est pointé en TMAX devant le rade. Il est rentré sans frapper, est resté cinq minutes et s'est fait la malle. On a la plaque du scoot. Aline, tu peux la passer au fichier ?

La flic s'exécuta.

— Le scoot est au nom de Slimane Larbi.

Valmy montra son téléphone à chacun des membres du groupe. Julien avait pris en photo l'homme en scooter, entré casqué et ressorti de la même manière.

— On gratte sur ce Larbi ce soir. Demain, on met un dispo en place à treize heures. On monte deux filoches. Trois véhicules qui suivent le taxi dès l'arrivée du premier client, qui vont essayer de le pastiller et de voir son point de chute. On fait pareil avec le TMAX s'il repasse demain. Des questions ?

Quinet intervint.

— Vous voulez bien me dire comment vous voulez « pastiller » un scooter ?

— Je vais voir avec mon contact à la cellule d'assistance technique s'il a pas un truc qui se glisserait dans le support du top-case…

— OK, je vais aussi passer un ou deux coups de fil, histoire que ça vous serve un peu d'avoir une taulière qui vient de la DGSI.

Edwige leva la main, timidement.

— Philippe, tu veux bien me dire ce que veut dire « pastiller », s'il te plaît ? Depuis que je suis ici, j'ai pas levé le nez des procédures, et je t'avoue que dans mon ancien commissariat, on ne faisait pas ce genre de trucs.

— Pastiller, gamine, c'est poser une balise.

Victor tenta de ne pas laisser voir son soulagement que Valmy joue au glossaire flicard-quidam. Valmy le regarda, bienveillant.

— Victor, tu as d'autres consignes à passer ? Moi, je vais aller montrer la photo du mec à Ziggy, on ne sait jamais.

— Non, rien d'autre, répondit Queffelec. Rendez-vous demain matin à neuf heures. T'es certain que ça vaut le coup d'aller voir Ziggy, Philippe ? Notre mec est habillé de cuir, ganté, casqué… En procédure, on n'a pas grand-chose à tirer d'une identification. Et puis, moins les autres savent qu'on avance, mieux c'est…

— C'est toi le chef maintenant, gamin. Et en plus, t'as pas tort.

Victor sortit du bureau le dernier. Il mit un tour de clé dans la serrure. Il savait qu'il serait le premier au 36 le lendemain matin. Comme tous les matins depuis qu'il avait pris l'intérim d'Antoine. Il passa devant le bureau d'Alice Quinet, plongée dans une procédure.

— À demain, madame le commissaire.

Alice leva les yeux vers lui.

— Vous pouvez m'appeler « patron », Victor. Ou, à défaut, madame *la* commissaire. J'aime bien féminiser les déterminants. Ça me donne un côté connasse qui déplaît aux vieux machos…

— Voilà une passion qu'on partage, patron. Bonne soirée.

— Vous rentrez chez vous, là ?

— Je ne vois pas bien ce que je ferais d'autre…

— Vous voulez un verre ? dit-elle en sortant une bouteille de pomerol de son placard. C'est la cuvée de la Brigade criminelle, donc je suppose qu'on peut faire une entorse au règlement.

Victor lui sourit franchement.

— C'est amusant, j'ai toujours eu l'impression, avec Philippe, qu'une entorse au règlement, c'était de boire du Coca après vingt heures.

– 19 –

Victor était assis sur le rebord de sa chaise, mal à l'aise. Sa nouvelle patronne tentait quelques sourires maladroits en ouvrant la bouteille de vin. Elle avait proposé cela spontanément, sans calcul, pour la première fois depuis très longtemps. Alice Quinet avait bien vite compris qu'elle n'aurait, face à ses collègues, jamais droit à l'erreur. Elle en était devenue précautionneuse à l'extrême. Pesant chaque mot, envisageant chaque tournure de phrase de la pire des façons, pour ne jamais, jamais être prise au dépourvu. Cela faisait donc quatre ans que sa vie était réglée comme du papier à musique. Rien ne tournait jamais au vinaigre. Personne ne lui résistait, tant chacune de ses paroles était pétrie de bon sens. Ses décisions étaient sages, réfléchies, managériales. Bref, Alice Quinet était une machine de guerre administrative infaillible. C'était ce qui en faisait une excellente commissaire de police et un être humain qui tenait les autres à distance plus que déraisonnable et ne faisait confiance à personne.

— Rude journée, capitaine ? dit-elle en versant quelques gouttes de nectar rubis dans un verre à pied.

Victor but une gorgée de pomerol, plus grosse que ne lui dictait la bienséance.

— Pas évidente, non. J'ai l'impression qu'on tourne en rond dans ce dossier.

— Je ne suis pas d'accord avec vous. C'était vrai jusqu'à votre planque de ce matin. Maintenant, on a trois pistes à suivre : le rade, le taxi et le TMAX…

— Peut-être, dit-il en terminant son verre les yeux dans le vide.

La commissaire lui servit un plein ballon de vin.

— Comment vous vous sentez dans votre peau de chef de groupe, capitaine ?

Queffelec se redressa. Il se sentait épié.

— J'ai hâte qu'Antoine revienne, mais ça ne me déplaît pas.

Pour la première fois, Victor vit Alice Quinet rire franchement.

— Rassurez-vous, ce n'est ni un entretien d'évaluation ni un test. J'ai juste l'impression que vous êtes un peu ailleurs aujourd'hui.

— Vous trouvez que ça se reflète dans mon travail ?

— Figurez-vous que non, c'est admirable, d'ailleurs. Vous avez simplement le regard un peu lointain. Et figurez-vous que les bruits de couloir arrivent jusqu'au bureau d'un commissaire de police.

Victor devint méfiant.

— Pardon, madame, mais je ne comprends vraiment pas où vous voulez en venir.

— Écoutez, quand j'étais à la DGSI, j'ai travaillé six mois avec quelqu'un avec qui j'avais vécu. Ça a été une horreur. Et j'ai bien compris que ni vous ni lui ne vouliez changer de groupe, alors tant que ça n'affecte pas votre travail, tout va bien. En revanche, figurez-vous que je me soucie pas mal du bien-être de mes effectifs. Et vous en faites partie, donc je me renseigne.

Le flic baissa un peu sa garde.

— Ce n'est pas évident tous les jours, si vous voulez tout savoir. J'ai un peu le sentiment d'avoir une énorme erreur sous le nez…

Quinet retira ses lunettes pour le regarder avec douceur.

— Et l'erreur, c'était quoi, au juste ?

Victor resta silencieux. Il ne savait pas si c'était le vin ou le fait qu'Alice Quinet était une parfaite inconnue… Toujours était-il qu'il commençait à se sentir bien.

— C'était de mettre fin à l'histoire, dit-il d'une voix étranglée qu'il ne contrôlait pas. Mais vous avez vraiment envie d'entendre un de vos officiers se plaindre de ses déboires sentimentaux ?

— Alors disons que, pour une fois, je vais avoir une conversation d'humain à humain, et pas de commissaire à flic.

Victor lui sourit, elle lui rendit un regard à la fois triste et amusé.

— On n'a pas des vies marrantes en PJ, n'est-ce pas ?

— Dans la police en général, mais c'est un peu plus vrai quand on bosse vingt-quatre heures sur vingt-quatre, répondit Victor…

Il vida son verre et enchaîna.

— Ça doit faire trois mois que je ne suis pas allé boire un verre avec quelqu'un d'autre qu'un collègue du groupe.

Quinet finit à son tour. Le rouge lui montait doucement aux joues.

— Petit joueur, ça fait un an que je n'ai pas dîné avec quelqu'un d'autre que mes parents le soir de Noël.

Victor se mit à rire en leur servant la fin de la bouteille.

— Veinarde, vous avez eu votre soirée de Noël.

Quinet éclata d'un rire cristallin et pointa la bouteille du menton.

— On va être à court de munitions. On change de crémerie ?

Victor eut un regard de sale gosse.

— Je ne sais pas, j'ai une nouvelle patronne un peu stricte, si j'arrive avec une gueule de bois demain…

— Rabrouez-la, ça lui fera pas de mal…

Une demi-heure après, la glace avait fini de fondre à l'aide d'une autre bouteille de rouge, d'une planche mixte et de l'ambiance bon enfant d'un bar des Batignolles.

— Mais qu'est-ce que t'as foutu avec Julien ?

— La même chose que toi avec ton ex. J'ai flippé, et quand je flippe, je fais des erreurs. Je me ferme comme une huître, puis je souffre pendant des mois avant de me traiter de con. Et chaque fois que je me traite de con et que je tente de recoller les morceaux, eh bien, c'est trop tard.

— C'est quand même l'entourloupe du siècle… Voire la plus belle de l'Histoire. Ça fait des siècles qu'on nous prévient que l'amour, ça fait mal. Dans les livres, les chansons, les films… Et nous, on y va, tête baissée, comme des cons.

— Oui, mais sans ça, on se fait chier. Tu crois pas ?
— Il reste les procédures et les cadavres.
— Aux PV et aux cadavres, alors…

Les verres s'entrechoquèrent, sonnant le glas du monde, qui risquait d'être refait une bonne partie de la nuit.

– 20 –

La caméra était mal réglée, affichant sur l'écran géant de la salle de réunion le torse cravaté de Michel Graziani, qui s'aperçut à cette occasion que sa chemise le boudinait un petit peu. « Bon, Hakim, vous me réglez ce truc, s'il vous plaît ? » Le flic toucha le joystick, ce qui eut pour effet d'afficher le visage du directeur de la PJ sur grand écran, le transformant en star de cinéma d'un jour. Il tenta, sans grand succès, de dissimuler son agacement à la vue de sa mine fatiguée et de ses traits de plus en plus creusés. Julien, Hakim et l'interprète échangèrent un regard entendu : le directeur de la PJ faisait un peu sa starlette. Julien pianota un SMS à l'attention de son collègue. « Dans deux minutes, il va demander un raccord make-up. » Hakim pouffa, Graziani tempêta. « Bon, ils se connectent, les Japonais ? » Il croisa le regard de l'interprète. « Excusez-moi, chère madame, mes hommes vous le confirmeront : je suis parfois un peu râleur, mais pas méchant. N'est-ce pas, Messieurs ? » Les deux flics hochèrent la tête, affichant une mine faussement effrayée. L'interprète se mit à rire discrètement. « Vous avez de l'avance au rendez-vous, c'est normal qu'ils ne soient pas encore là, monsieur le directeur. Ils arriveront à l'heure pile. » L'horloge de la salle affichait neuf heures cinquante-neuf minutes et cinquante-neuf secondes, lorsque deux hommes apparurent sur l'écran. L'interprète adressa au directeur un discret sourire, puis prit la parole.

— Bonjour messieurs, le directeur de la police judiciaire et ses deux inspecteurs souhaitent vous poser quelques questions concernant votre employé Masakatsu Morita.

— Nous sommes disposés à répondre aux questions concernant notre défunt employé.

C'est Julien qui mena l'interrogatoire, dont le rythme était terriblement ralenti par la traduction et la connexion Internet du 36.

— Depuis combien de temps travaillait-il pour vous ?

— Depuis vingt-cinq ans, c'était un excellent employé.

— Pourriez-vous nous éclairer un petit peu sur les activités de votre entreprise ?

— Nous développons des solutions pour améliorer la visibilité de nos clients, selon des modélisations informatiques de type algorithme qui permettent de mieux cibler les catégories.

— Et que faisait M. Morita ?

— C'était un excellent ingénieur, qui développait des modèles nouveaux afin d'affiner les recherches.

— Et que faisait-il à Paris ?

— Il devait se rendre en personne à une réunion pendant que nous l'assurions en visioconférence avec l'un de nos clients.

— Vous comprenez bien qu'il va falloir que vous nous donniez le nom de votre client.

— J'ai bien peur que cela soit impossible. Nous tenons à notre réputation. Notre avocat nous a bien précisé que nous avions le droit de ne pas ouvrir nos fichiers sans l'ordre d'un juge japonais.

Graziani, hors champ, leva les bras au ciel. Julien tenta de garder son calme.

— Pourriez-vous au moins nous parler des activités de vos clients ?

— Je suis sincèrement désolé, rien ne nous y oblige.

— Est-ce que M. Morita avait de bons rapports avec ses collègues de travail ?

— Les rapports entre les employés sont, en règle générale, excellents dans notre entreprise. Ceux de Morita l'étaient encore plus. Il était extrêmement respecté. Sa perte est un drame pour nous tous.

Face au mutisme des deux hommes et au vide juridique de quinze mille kilomètres entre la France et le Japon, Julien décida de mettre fin à l'interrogatoire.

— Merci infiniment de toutes ces précisions, messieurs.

Une ambiance de mort régnait dans la salle de réunion. L'interprète ne savait pas où se mettre, Graziani se mordait le poing.

— C'est pas possible qu'on soit bloqués comme ça, dit Julien la tête entre les mains.

— Ils ont raison, Julien. Ils protègent leurs intérêts et on est à poil, là… Je vais essayer d'obtenir une commission rogatoire internationale, mais je peux déjà vous dire que sur une provocation au suicide, on va se faire rembarrer. J'ai déjà tenté le coup pour obtenir le droit d'aller les entendre à Tokyo, ils m'ont ri au nez.

Julien haussa le ton.

— Mais enfin, patron. Il le sait, le juge d'instruction, qu'Al Capone s'est fait pincer pour fraude fiscale. Cette infraction, c'est un cheval de Troie. On est sur un truc bien plus gros, là.

Graziani lui répondit sèchement.

— Pour l'instant Julien, on a de belles pistes, mais rien d'autre que la parole d'un tox, un bar fermé et une vidéo de cul. Donc on s'estime heureux d'avoir réussi à faire ouvrir une commission rogatoire.

L'interprète, déjà fluette, aurait voulu être une souris pour disparaître, tant l'ambiance était électrique. Depuis trente ans qu'elle travaillait pour la PJ, elle n'avait jamais assisté à des discussions entre flics. Tout le monde avait oublié sa présence. Hakim se risqua à leur couper la parole.

— Pardon, mais on a un truc quand même…

Il marqua un temps et regarda dans le vide, comme à la recherche de ses mots. Les deux autres flics ouvrirent vers lui des yeux ronds comme des billes. Depuis des années, ils savaient qu'il fallait laisser Hakim finir ses phrases, aussi pénible fût-il. Toute la salle buvait ses paroles.

— … Eh bien, ils ont monté des visioconférences entre Tokyo et Paris. On peut légitimement penser qu'ils ont essayé de le faire à une heure qui arrangeait tout le monde. Dans la boîte de Morita, ils finissent à dix-neuf heures. Il y a sept heures de décalage avec le Japon. Donc ils ont dû faire leur réunion entre neuf heures et midi, heure de Paris. Morita était depuis quarante-huit heures sur le territoire. Je peux recouper les bornes téléphoniques et éventuellement trouver l'endroit où avait lieu la visio. Ça demande un peu de technique pour ne pas passer pour des amateurs, donc c'étaient soit des bureaux, soit une salle louée. Dans tous les cas, on a une chance d'avoir un nom. Et là, on est sur notre terrain. Si c'est un prestataire qui a loué la salle, avec une réquisition, ils vont être obligés de nous cracher le blase. Si c'est le siège de l'entreprise, c'est caviar.

Graziani arbora un sourire satisfait.

— Hakim… vous êtes un spécimen unique.

– 21 –

Valmy serrait le volant de ses mains. Victor contractait son poing sur le guidon du scooter. Edwige, à côté de Philippe, retenait sa respiration pendant qu'Aline et Julien, garés plus loin, attendaient le top départ. Tous les yeux étaient rivés sur le TMAX qui venait de se garer devant le bar. Le type était descendu de sa monture et s'était précipité dans le bar, de la même façon que la veille. Ils étaient une horde de chasseurs qui venaient de ferrer leur proie. Prêts à fondre sur elle. Les radios étaient silencieuses, les habitacles des véhicules aussi. La rue avait eu le bon goût de se taire. Seul le grésillement des radios prêtes à crépiter venait troubler cette ambiance de cathédrale. Le rideau se mut d'une manière imperceptible à l'œil humain, évidente à celui de Valmy.

« À tous de Philippe, ça va sortir… »

Victor démarra le moteur de son scooter, prêt à se mesurer au moteur du deux-roues le plus puissant du marché. Edwige expira longuement. Les mâchoires de Valmy étaient contractées. La porte s'ouvrit.

Elle resta entrebâillée quelques secondes. De très longues secondes. Les moteurs tournaient, les doigts de Philippe étaient prêts à appuyer sur le bouton d'émission de la radio. Julien réajusta son arme afin de conduire plus confortablement. Aline et lui étaient en place au bout de la rue, sans aucun visuel sur la porte ou le dispositif. Leurs cœurs battaient. Ils savaient qu'à quelques mètres d'eux, leur objectif était sur le point de mettre le nez dehors. Qu'il allait falloir, une énième fois, se retenir de lui sauter dessus, lui passer les pinces et le conduire au 36 par la peau du cul pour avoir, enfin, des réponses à toutes leurs questions.

« Pour tous, ça sort… »

Le type sortait à reculons en pointant, à l'intérieur du bar, un index menaçant. Il enfourcha calmement son scooter, prit son temps pour mettre le contact. Valmy desserra le frein à main, passa la radio à Edwige.

Le TMAX démarra en trombe. « Ça part vers vous, Aline. Vous prenez. » Le scooter passa l'intersection à laquelle étaient garés les deux flics, qui lui emboîtèrent la marche. La voiture et le scooter suivaient à bonne distance. Le premier feu rouge était le plus risqué. Dans ce quartier peu fréquenté, ils n'avaient pas eu l'occasion de laisser passer des voitures « civiles » entre les leurs. Le type au TMAX avait donc, derrière lui, une enfilade de véhicules de police. Edwige faisait de son mieux pour être la voix de Philippe. Arrivés à la seconde intersection, elle pointa les directions de fuite possible pour aider son ancien chef de groupe. Valmy, sur les nerfs, lui attrapa fermement l'avant-bras. « Tu fais ce que tu veux en filoche, gamine. Mais tu ne pointes JAMAIS rien. Personne ne doit savoir de quoi tu parles, compris ? » Arrivés sur le périphérique, Victor se mit derrière le scooter qui se faufilait habilement entre les voitures. Les rétroviseurs frôlaient son blouson de cuir à plus de cent kilomètres à l'heure. Ils avaient déjà mis trois sorties dans la vue des voitures qui tentaient, à coups de gyrophare, de s'extraire des bouchons. Victor hurlait la progression du deux-roues dans son casque. « Ça bombarde ! On vient de passer la porte de Clichy. » Les voitures restaient à bonne distance, tout en ouvrant le flot de circulation. Julien, qui conduisait pare-chocs collé à celui de Valmy, pestait chaque fois qu'un type se rabattait trop vite, pensant qu'il n'y avait qu'une voiture dans le convoi. Aline, rêveuse, regardait le flot de bagnoles s'écarter. Chaque fois qu'elle voyait ça, elle se prenait pour Moïse pendant un quart de seconde. Comme Hakim, qui avait pris l'habitude de jouer au Jedi en faisant un geste de la main devant les portes automatiques du métro.

Victor s'égosillait pour couvrir les bruits du moteur. « Ça clignote en direction de Boulogne… » Les deux voitures étaient à une porte derrière. C'était jouable. « Direction Paris-centre. On est au feu rouge, ça clignote vers l'est, ça risque de prendre vers le pont Mirabeau. Reçu. » Edwige tentait de parler de manière apaisée, pour ne pas stresser Victor qui bégayait presque. « OK, on est derrière, on coupe les deux-tons. Le temps du feu rouge, on sera là. On laisse deux bagnoles écran. Tu restes derrière encore un feu et on te dépasse. »

Victor roulait à tombeau ouvert derrière le TMAX. Pendant que ses roues avalaient l'asphalte, il tenta de se souvenir des instructions de Philippe. Pour l'instant, il n'avait grillé aucun feu, fait deux fois le tour d'aucun rond-point, les « coups de sécurité » classiques. Il n'était pas particulièrement méfiant. Aucune raison de se mettre la pression. Il expira fort, provoquant de la buée sur sa visière. « OK, ça arrive Maison de la Radio, ça va prendre à droite sur le pont de Grenelle. On est au feu. » Edwige le guidait, aussi apaisante que possible. « On est à un écran derrière, décroche. On prend le relais. » Victor continua tout droit pour faire demi-tour dix mètres plus loin. Edwige et Valmy prirent le deux-roues en chasse. La circulation parisienne ralentissait légèrement le TMAX, mais encore plus les voitures. Julien et Aline étaient passés devant, pour laisser respirer le dispositif. Le feu passa au rouge, le TMAX s'arrêta docilement. Aline était en train d'annoncer, d'une voix posée, la progression pour le reste de l'équipe. Les nerfs de Victor étaient redescendus. Philippe attendait sagement, en bout de file, de reprendre la filature au croisement suivant. Le moteur du suspect ronronnait tranquillement au feu. Une mère de famille avec une poussette traversa. Juste avant qu'elle ne passe devant le scooter, il démarra en trombe et grilla le feu. Aline hurla dans la radio. « À tous ! Ça décanille en direction de Charles Michels. Il a cramé le feu ! Il est speed, là. » Valmy prit le relais « Pas de risques inutiles. Si on le perd, on y retourne demain. Reçu ? »

Victor grimpa sur le trottoir avec son scooter et remonta la file de voitures pour se donner une chance de rattraper le suspect. Il grilla le feu et manqua *in extremis* le pare-chocs d'un type qui l'insulta copieusement. Il roulait à pleine vitesse entre les voitures pour rattraper le petit point noir qu'était devenu l'objectif et qui, à mesure de coups de poignet nerveux sur l'accélérateur, grossissait. Il annonçait sa progression au reste du groupe, qui tentait, par les voies de bus, de rattraper les deux motards. « Ça prend à droite sur la rue de Lourmel. Ça va remonter vers Balard. Reçu ? » La rue était plus étroite. Les immeubles défilaient à pleine vitesse. Le scooter du suspect se rapprochait. Plus rien ne pouvait arrêter Victor. Il sentait que la victoire était proche. À cinq cents mètres, un feu passait au rouge. Une voiture de police patrouille était garée à l'angle. Impossible de griller le feu. Un nouveau coup d'accélérateur, et il le rattraperait. Plus rien n'existait autour de lui. Le casque de son objectif se rapprochait. Il le tenait. « À tous de Victor, je l'ai rebecqueté à l'angle Lourmel-Convention… » Il accéléra une dernière fois. Le feu était rouge. Plus pour très longtemps. Si l'autre redémarrait, il pouvait encore semer le dispositif. Hors de question qu'il lui échappe…

Un bruit sourd. Victor ressentit un choc qui fit vibrer chacun de ses os. La voiture qui venait de le percuter alla s'encastrer dans une barrière le long du trottoir. Le scooter glissa le long de la chaussée sur une vingtaine de mètres. Un attroupement se forma autour de Victor, allongé, les membres de guingois. Pantin désarticulé. Sa radio était au sol, en lambeaux. Sa tête bourdonnait. Une voix lointaine lui parvint « Monsieur ! Monsieur ! Vous m'entendez ? Serrez-moi la main si vous m'entendez. Monsieur… Monsieur… »

– 22 –

Julien slalomait entre les voitures. Ses yeux embués l'empêchaient de voir le compteur. Aline, à côté, savait qu'il ne fallait rien dire. Les freins pilaient, les pneus crissaient, les deux-tons piaillaient. Valmy, derrière lui, peinait à suivre la marche. Il prit la radio des mains d'Edwige. « Julien ! On va peut-être pas avoir deux cartons dans la même journée… Ralentis, bordel ! » Julien entendait mais ne comprenait pas. Il était concentré sur son unique objectif : arriver le plus vite possible à l'hôpital. Avant le SAMU, avant tout le monde. Il voulait, devait être le premier. Il savait que c'était sa main qui devait se poser sur celle de Victor pendant que le brancard filait dans les couloirs. Il voulait aussi oublier. Oublier le nœud qui s'était formé en lui quand le message de transmission de Victor s'était arrêté net, quand la radio, au lieu de sa voix, avait craché un bruit sourd de tôle froissée. Ils étaient arrivés sur place avant les pompiers. C'était Philippe qui s'était allongé à côté de Victor pour lui maintenir la tête, Edwige qui avait pris sa main pour, en vain, trouver sa conscience. Aline qui avait lancé un appel d'alerte sur leurs radios.

Les gyrophares des voitures banalisées balayaient la rue, les badauds commençaient à affluer. Un médecin avait laissé choir le sachet contenant son poulet rôti dominical pour prêter main-forte aux flics. Julien, lui, était resté stoïque. Bloqué derrière son volant, bouche bée. Il regardait ses espoirs s'envoler. La futilité du jeu auquel ils jouaient, avec Victor, lui sautait au visage, lui pétait à la gueule. Il avait frappé l'habitacle. En rage. Aucun des flics présents n'avait osé s'approcher. Pas même Aline. Leurs dix ans d'amitié n'y faisaient rien. Le fait qu'il soit le parrain de sa fille n'y faisait rien. Les dizaines de familles éplorées qu'Aline avait consolées. Les mains compatissantes qu'elle posait sur les épaules, qui avaient le pouvoir de vous faire penser que tout irait bien, même si le bonheur avait, plus que les autres, déserté votre navire. Elle s'en sentait incapable. Elle guettait, pour s'offrir un semblant de contenance, l'arrivée des médecins.

La camionnette des pompiers arrivait au bout de la rue, lente comme un pachyderme. La buée sur la visière du casque de Victor se faisait de moins en moins épaisse. Le médecin, accroupi à ses côtés, fixait les gyrophares l'air angoissé. L'utilitaire rouge avait pilé. Trois hommes étaient descendus de la cabine, un quatrième de la cellule arrière. Ils avaient installé des plots tout autour de l'accident. L'un d'eux avait sorti un brancard jaune équipé pour maintenir Victor intact. Quelques secondes plus tard, alors qu'ils venaient, tout doucement, de lui retirer son casque, le véhicule du SAMU était arrivé. Le médecin, stéthoscope autour du cou, avançait d'un pas rapide vers le corps désarticulé de

Victor. Il avait réalisé un rapide diagnostic. Les quatre flics étaient suspendus à la moindre de ses réactions. Il existait, entre flics et médecins, une habitude des drames qui rendait chacun insensible au vernis qu'utilisait habituellement l'autre. Le médecin urgentiste ne s'était même pas donné la peine de passer la première couche. Il avait regardé Philippe, sans savoir que c'était le plus gradé, simplement parce que lui ne semblait pas tout droit sorti de la fac. Le flic l'avait interrogé d'un rapide mouvement du menton. Le médecin avait répondu par un rictus crispé. « On le transporte immédiatement à l'hôpital Georges-Pompidou. » Il s'était adressé à son infirmier. « Tu leur dis de nous préparer un bloc. Homme, trente ans, possible hémorragie interne, possible trauma à la colonne vertébrale. Pronostic vital engagé, état critique. » Les pompiers avaient sorti des attelles, lui avaient posé un masque à oxygène sur le nez, un capteur de saturation au bout de son doigt. Les gestes avaient été calmes, précis. Méthodiques. Les passants s'étaient arrêtés, friands de la moindre goutte de sang. On avait gonflé les attelles, les membres avaient été immobilisés. Victor, comme prisonnier de la glace. Le bip angoissant du scope s'était fait de plus en plus rapide. Le médecin avait ordonné à l'infirmier d'injecter un produit dans la perfusion qu'il venait de poser. Les ordres étaient précis, ne pouvaient souffrir d'aucune discussion. « Attention pour lever. Prêts ? Levez ! » Le plan dur reposait maintenant sur une civière. Les portes du camion du SAMU avaient claqué, la sirène avait hurlé. La tête de Julien avait tourné, encore plus vite. Ses jambes avaient semblé le lâcher.

Julien pila devant l'entrée des urgences. Il sauta de la voiture, Aline alla se garer sur le parking. Son brassard police au bras, il scruta la salle d'attente du regard. Rien. Les sirènes du SAMU retentirent à l'extérieur. Le médecin qui avait soigné Victor entra en premier, suivi du brancard sur lequel avaient été accrochés une perfusion et un scope. L'infirmier, la main sur la rampe de la civière, hurla « dégagez ». Julien se précipita vers le corps pour tenir la main de Victor. Aline tenta de le retenir. Le médecin la rassura. « C'est bon. Il peut marcher avec nous jusqu'au bloc. » Julien courait, les yeux remplis de larmes. Une perle salée chut sur le drap jaunâtre de l'APHP. Julien n'arrivait pas à articuler. Le visage de Victor, grâce au casque, était intact. Ses cheveux en bataille reposaient sur son front. Ses lèvres étaient entrouvertes, ses yeux clos. Julien avançait au rythme des infirmiers. Une porte battante approchait, surmontée du néon « bloc opératoire ». « Il va falloir nous laisser là, monsieur. » Julien n'arrivait pas à articuler ces deux mots si simples qu'il crevait d'envie de dire. Le médecin appuya sur un bouton, la porte s'ouvrit automatiquement. Julien regarda s'éloigner le sinistre convoi, ses pensées au bout des lèvres. C'était pour lui l'un de ces moments où le reste de son existence se jouait. Il serait celui qui n'a pas su, celui qui, peut-être, ne pourra plus jamais.

– 23 –

Hakim était encore mal à l'aise. À côté de lui, assise au volant, Alice Quinet ne quittait pas le bar des yeux. Edwige, elle, était habillée en tenue de joggeuse. La tension était palpable. La balise était un carré d'un centimètre de diamètre, recouvert de Scotch double face extra-fort. Edwige avait la trouille. Hakim la rassurait, la présence de sa cheffe de service, moins. Ils ne comprenaient pas pourquoi elle avait insisté pour les accompagner. Ils ne voulaient pas lire en elle. Ils voulaient qu'elle reste, à leurs yeux, une cheffe pète-sec.

La veille, ils s'étaient tous retrouvés dans la salle d'attente de l'hôpital. Cet espace sans vie, aux murs tristes, pleins des cris et des larmes dont ils avaient été témoins. Ses affiches de prévention défraîchies, sa machine à café qui crachait une lavasse ignoble qui, dans les situations de crise que traversaient ses utilisateurs, avait l'incroyable pouvoir de les réconforter. Chacun égrenait les minutes à sa manière : Hakim jouait sur son téléphone, Edwige faisait les cent pas, donnant le vertige à tout le monde. Alice Quinet fixait la porte, stoïque, les yeux trempés derrière ses lunettes en écaille. Julien restait assis, hébété. Il fixait l'affiche de prévention contre le papillomavirus comme s'il cherchait à la faire bouger par télékinésie. Valmy tenait le siège à côté de la machine à café. C'était lui qui avait brisé la glace. « Bon, on va pas se laisser faire. Demain, on y retourne et on va pastiller le scoot de cet enculé. Patron, vous y voyez une objection ? » Quinet avait ouvert la bouche, le son avait mis quelques minutes à en sortir. « Non, non. En revanche, je veux en être... » Tous s'étaient regardés, interloqués. La commissaire l'avait dit sur un ton auquel on ne pouvait s'opposer. Ils ne comprenaient pas sa décision. Elle s'en était aperçue, n'avait rien dit. Ils ne savaient pas. Ils ne savaient pas qu'elle se sentait responsable, qu'elle pensait que s'il s'était planté, c'était sans doute à cause de la fatigue. Parce que la veille, elle avait décidé de sympathiser avec ce capitaine de police qu'elle ne connaissait ni d'Ève ni d'Adam. Qu'elle lui avait raconté à quel point elle était seule, que ses lèvres pincées, que tout le monde prenait pour un signe de dureté, ne servaient parfois qu'à refréner des larmes. Victor était le seul à qui, après quelques verres de vin, elle avait raconté la manière dont ces deux autres élèves commissaires de police avaient jugé drôle de la faire boire, d'attendre qu'elle soit dans un état semi-comateux... Chaque fois qu'elle y pensait, son ventre se tordait. La porte de la salle d'attente s'était ouverte, tandis qu'Alice serrait les lèvres, comme à son habitude. Un médecin était entré, s'était dirigé vers Valmy, ignorant la commissaire qui avait préféré, dans cette situation, ne pas jouer le grade. « Votre collègue est toujours dans un état grave. L'opération s'est bien passée, mais on ne peut rien savoir tant qu'il n'est pas réveillé. Il a une belle fracture de la jambe qui va nécessiter pas mal de rééducation, sans garanties. Finalement, pas d'hémorragie interne, il a eu de la chance. Les prochaines vingt-quatre heures seront déterminantes sur le plan neurologique. » En sortant de l'hôpital, Quinet avait invité le groupe à boire un verre. Dans une ambiance d'enterrement. Seul Julien avait insisté pour rester au côté de Victor jusqu'à son réveil.

Un puissant ronronnement de moteur sortit Alice de ses pensées. Hakim s'enfonça dans son siège, Edwige se coucha sur la banquette. Le TMAX arriva dans la rue, passa au niveau de la voiture. Au moment précis où il les dépassa, chacun retint sa respiration. Comme s'il pouvait percevoir le moindre mouvement. À ce moment précis, ils étaient la proie et ne devaient pas se laisser détecter par l'instinct du pilote. Le scooter s'arrêta devant le bar. Le type béquilla, coupa son moteur. Comme à son habitude, il n'ôta pas son casque et se dirigea vers le troquet. Il ouvrit la porte et y entra comme une balle. Edwige ouvrit discrètement la porte côté trottoir et sortit de la voiture. Le rideau bougeait légèrement. Elle se redressa, fit mine de s'étirer. Ils étaient à cinquante mètres du bar. Elle trottinait en direction du scooter, la balise dans la main. Elle glissa son ongle à l'arrière du bouton d'allumage, qu'elle fit glisser sur le côté. Hakim reçut instantanément une notification sur son téléphone. « OK, c'est bon, la balise est en route, tu peux y aller. » Edwige reçut l'information dans ses écouteurs de téléphone. Elle était à cinq mètres du scooter. Elle retira la protection du Scotch double face. Deux mètres. Elle avait la balise dans le creux de la main, elle visualisait le dessous du top-case, où elle pourrait coller l'appareil sans risque. Un mètre, elle tendit le bras. Dans la voiture, Hakim était sur les nerfs. Il voyait Alice, raide dans son siège. « Madame, vous devriez vous tasser un petit peu, on voit vos épaules, ça fait une déformation au niveau du siège. » Quinet obéit. La main d'Edwige était à dix centimètres du deux-roues. La porte s'ouvrit. Elle approcha la main précipitamment pour coller la balise avant d'être vue. Quinet s'enfonçait dans son siège. Zélée, elle releva même les jambes. Son genou droit heurta une manette en bas du volant, faisant résonner dans la ruelle vide un Klaxon tonitruant. Hakim pesta « Bordel ! ». Edwige, à ce moment-là, collait la balise. La tête casquée du type sortit. La flic, comme un lapin pris dans les phares, regarda en direction du bar au lieu de regarder en direction du bruit. L'homme casqué, lui, sortit la tête comme une furie en direction du bout de la rue. Edwige saisit cette seconde de répit pour regarder devant elle et décamper. Quinet pestait : « Putain ! Merde ! » Hakim la rassura. « Calmez-vous, madame. Surtout, ne démarrez pas. Il n'a pas cramé Edwige. J'ai l'impression qu'il ne l'a pas vue… » L'homme enfourcha son scooter et démarra en trombe. Edwige monta à l'arrière, rouge et essoufflée. « C'était quoi ce boxon, merde ! » Hakim calma le jeu. « Allez, calmos. Le scoot est pastillé. Il a démarré, regarde. » Il lui montra l'écran de son smartphone, sur lequel un petit point rouge se déplaçait en direction du périphérique. Quinet planta ses yeux dans ceux d'Edwige. « Je suis désolée, fausse manip de ma part. Ça va, vous ? » La flic lui adressa un hochement de tête d'une sympathie relative. Hakim, une nouvelle fois, botta en touche « S'il sort au même endroit qu'hier, c'est qu'il ne t'a pas cramée, Edwige… Y a plus qu'à croiser les doigts… »

Paris, 2010

Ici, le métro était sale. Tout était sale. Même lui. Il avait dormi dehors, cette nuit. Parce qu'il faisait doux, et parce qu'il ne voulait pas emmerder sa mère. La rue avait commencé, lentement, à poser sur lui une couche de suie qu'il aurait du mal à enlever. Tous les matins, il se rendait aux bains publics, pour conserver sa dignité. Ziggy était presque devenu plein de choses : un guerrier de l'école Kōba, un yakuza, un adolescent normal. Il était presque un SDF. Il s'était assis sur l'une des chaises orange qui bordaient le quai de la ligne 5, à la station Gare de l'Est. Le sol était poisseux, gris. Couvert de la même couche de misère que lui. À quelques mètres, des silhouettes décharnées, perdues dans de grands manteaux, faisaient brûler des pipes de crack. Ce matin, l'un d'eux lui avait adressé un signe de la main, auquel il n'avait pas répondu. Il ne voulait pas se mélanger. Il n'était pas l'un des leurs. Pourtant, eux savaient. Un mec qui s'assoit sur ce quai et qui n'est pas pressé de monter dans une rame… Il avait passé sa journée là, courbé, la tête entre les mains. À quelques mètres, en dehors de l'heure de pointe, il percevait les bruits de briquets. Les sons ronds d'aspiration… De temps en temps, il écartait son médius et son annulaire, pour les observer. Leur visage détendu, au paroxysme de la relaxation pendant leur trip. Leurs yeux qui partaient en arrière, comme pour ne plus jamais revenir. Comme s'ils allaient définitivement démissionner, ne plus transmettre à leur cerveau l'information cruciale qu'était le délabrement de leur vie. Eux ne sentaient ni la crasse ni les maladies. Ils étaient loin. Quand ils tripaient, ils ne cherchaient plus, et quand ils ne tripaient pas, ils cherchaient à triper à tout prix. Un cercle vicieux qui avait pour eux des airs d'auréole. Jusqu'à leur redescente, à laquelle Ziggy assistait. Elle était violente. Une claque. Une sale claque. Ils hurlaient, comme si l'on venait de les propulser dans leur vie ignoble. Ils hurlaient comme s'ils découvraient les cahots de vie qui les avaient menés là, sur le quai de la station Gare de l'Est. Et ils insultaient les voyageurs, leur faisaient peur. C'était le moment que choisissaient les flics pour les déloger. Ziggy, lui, avait froid au moment où la police des transports avait débuté son contrôle. Il se frottait les bras, tentait de se faire le plus discret possible. Un flic s'approcha de lui. « Tu vas pas y couper, mon gars. Tes papiers. » Il fit non de la tête et planta dans les yeux du flic un regard déterminé, duquel il avait effacé toute peur. « Quoi ? T'as pas de papiers ? » Il lui répondit « Non, je ne les ai juste pas sur moi, monsieur ». « T'es avec eux ? » Un silence se fit, le flic mit un coup de rangers dans la basket de Ziggy. « Réponds. » « Non, je les connais pas, j'attends le métro. » Le collègue du flic l'interpella au loin. « Laisse tomber, Poulin. Il a l'air mineur, si on le ramène, c'est les embrouilles assurées. » Le gardien de la paix tourna les talons. « Et que je te revoie plus traîner dans le coin… » La sinistre procession s'était éloignée. Il entendait encore résonner dans les couloirs les invectives des toxicos. Le bruit s'éloigna petit à petit.

Il avait déguerpi, changé de ligne, pris un RER, évité les contrôleurs. Puis, il était sorti des entrailles de la terre. Il avait lu, difficilement, « PONT DE SÈVRES » sur le panneau de métal qui surmontait des carreaux immaculés recouverts d'une fine couche de crasse. L'air non vicié de l'extérieur, le ciel, l'espace. Il était sorti au milieu d'un flot de bagnoles qui ne lui faisait pas peur – quand on a connu Tokyo, plus rien ne fait peur. Il traversa la Seine en direction des banlieues cossues du Sud-Ouest parisien. Il passa devant la manufacture de Sèvres, puis bifurqua vers une route sinueuse en pente raide. Il voulait se faire mal, avec son sac à dos trop vide dans lequel se baladaient quelques breloques qu'il avait chipées à droite à gauche.

Au bout de quelques minutes, il suait à grosses gouttes. Il trottinait. L'effort physique lui faisait du bien. Il continua, toujours en côte, toujours plus vite. Il approchait de Meudon, soufflait comme un bœuf avec ses vieilles baskets et son jean. Il s'en foutait. Il accéléra encore. Vaincre son corps, le mettre à l'épreuve… Sa tête tournait, vingt-quatre heures qu'il n'avait rien avalé, à part de l'eau à la faveur d'une fontaine Wallace. La forêt de Meudon s'ouvrait devant lui. Il s'y enfonça.

Sa cheville se tordit sur une pierre, il ne le sentit même pas. Mû par l'adrénaline, il accéléra de plus belle, prit des chemins de plus en plus étroits. Des branches lui fouettaient le visage, la douleur l'apaisait.

Au bout d'une dizaine de minutes, un chêne centenaire se dressait devant lui. Son tronc épais, ses branches lourdes. Les feuilles, épaisses, qui cachaient le ciel. Qui offraient l'illusion d'un toit, d'un abri contre la douleur. Le vent léger qui faisait bruisser l'écrin vert, comme pour l'appeler. Il s'arrêta, à bout de souffle. Il fixa les écorces de l'arbre et laissa tomber son barda au sol. Il sortit de son sac un vieux chronomètre, et le démarra. Instinctivement, Ziggy se mit en garde. Une garde de gaucher, qui avait toujours déstabilisé ses adversaires. Il porta un premier direct sur l'écorce, qui la fit s'effriter. Puis, un coup de pied circulaire. Il avait tapé exactement là où il le voulait, au niveau de la tête de son adversaire potentiel. Un énorme morceau d'écorce se détacha du tronc. Il poussa un « *kiaï* », ces cris que l'on émet pour donner plus de puissance à une frappe. Il enchaîna avec une série de directs qui mit le tronc à nu. Chaque fois qu'il sollicitait l'un de ses muscles, des images lui revenaient. L'aéroport, d'abord. Sa mère en larmes, dans la salle des pas perdus. Qui lui avait remis le sésame qui lui permettait de voyager seul tandis qu'il était mineur. Elle l'avait regardé passer le contrôle de police, puis avait tourné les talons. Il l'avait observée, sa silhouette courbée par des années de travail. Elle se levait tous les matins pour aller, dès potron-minet, balayer des bureaux de cadres supérieurs qui ne devaient jamais être dérangés par sa présence. Alors, elle avait appris à se taire, à se faire discrète. Si discrète qu'elle s'excusait quand quelqu'un lui marchait sur le pied. Sûrement parce qu'elle trouvait inadmissible de sa part d'avoir le mauvais goût de faire du 38, et non du 36. C'était la dernière image qu'il avait d'elle. Une femme courbée, qui tente de se faufiler dans la ruche de Roissy sans déranger personne. Il aligna un direct du gauche – son arme secrète – qui lui ouvrit les phalanges, laissant sur le tronc clair deux traces brunâtres. Il repensa aux autres garçons de l'école, à leurs visages menaçants tout autour de lui, à leurs sourires sadiques, à son pantalon de pyjama qui ne tenait pas en place. Ses mains qui s'y étaient agrippées… La toile qui se déchirait, le plus costaud de tous qui passait derrière lui en riant. Ils riaient tous. Le poids des crachats qu'il recevait sur le visage. La douche d'après, le sang qui coulait dans le siphon… Il décocha un coup de pied qui le fit hurler de douleur. Il sautillait. L'arbre prenait la forme de tous ceux qu'il avait combattus. Pendant qu'il frappait, ses premières heures d'errance lui revinrent. Le rade glauque, la fille avec qui il couchait régulièrement sans jamais connaître son nom. Les prénoms n'avaient jamais été son fort. Là-bas, on l'appelait « *gaijin* », et c'était bien comme ça. Il revoyait les visages de tous les mauvais payeurs qui avaient goûté à ses poings. Leurs bajoues grasses contre lesquelles s'écrasaient ses phalanges, pour rencontrer des pommettes qui se brisaient dans un craquement qui faisait toujours se crisper la fille qui l'accompagnait. Leurs démarches chancelantes quand ils sortaient du bar, privés de leurs économies et de leur dignité. Il était à bout de souffle, mais ne devait pas s'arrêter. Plus rien n'existait. Il frappait, frappait.

Du sang jaillissait de ses mains, la force de ses coups faisait gicler l'hémoglobine jusque sur ses joues. Deux ronds d'écorce s'étaient creusés dans le chêne. Ziggy frappait juste, et fort. La marque de ses phalanges avait commencé à s'imprimer.

À bout de forces, il porta un dernier coup, tremblant. Ses jambes ne le tenaient plus, il s'effondra, exsangue. Il bascula sa tête sur le côté, son souffle court faisait voler la terre jusque dans ses narines, sa sueur en collait sur sa tempe. C'était désagréable, il ne s'en apercevait pas. Il n'écoutait que ses muscles endoloris, avec lesquels il avait tenté de chasser ses putains de fantômes. Sa jambe gauche se mit à trembler. Sa jambe droite imita le mouvement, puis son bassin, puis son torse. Enfin, ses bras. Les larmes lui montèrent aux yeux, puis coulèrent sans pudeur. Un cri s'échappa de ses entrailles. Il avait beau avoir couru, avoir boxé, avoir hurlé, avoir souffert… Il était toujours en manque.

– 24 –

Hakim était entré dans le bureau comme une balle. « J'ai un truc, Edwige ! Je crois que je tiens un truc… » La tension était palpable, on sentait le flic au bord de la crise de nerfs. Edwige le regarda avec des yeux ronds comme des billes – depuis Harry Potter, ses camarades de classe l'appelaient « La Chouette ». Pour la première fois, elle méritait son surnom. Son collègue la regardait avec l'air d'un gamin qui a gagné une peluche à la fête foraine. Elle, était impatiente de se replonger dans son procès-verbal de surveillance, dans lequel elle avait omis le coup de Klaxon intempestif de sa supérieure hiérarchique.

— Bon, allez, balance !

— J'ai passé la nuit sur les relevés téléphoniques de Morita. D'abord pour trouver ce putain de lieu de réunion. J'ai trois ou quatre pistes qu'il va falloir qu'on explore… Mais c'est pas ça le mieux. Je me suis souvenu de ce que nous avait dit Philippe, que généralement, même les escorts de luxe utilisent des puces prépayées, type Lyca Mobile, histoire de pas être emmerdées. Et vu la vidéo qu'on a regardée, je me suis dit que notre businessman avait peut-être voulu se payer du bon temps en arrivant. Donc j'ai recherché des numéros d'opérateurs prépayés. Et j'en ai remonté un… Qu'il a appelé le soir de son arrivée à vingt-deux heures.

— Joli ! Tu as prévenu Philippe ?

— Ben… je te préviens, toi. En l'absence de Victor, c'est toi la plus gradée. Philippe, il est toujours entre deux eaux…

Edwige réalisa tout à coup qu'elle allait devoir faire l'intérim du chef de groupe intérimaire. À ce moment-là, Philippe entra dans le bureau sans frapper. Edwige s'agaça.

— Je sais bien que vous avez été élevés parmi les poulets, mais ça vous ferait mal où je pense de respecter mon bureau ?

Valmy reçut la pique.

— Excusez-moi, ô capitaine Lechat, je tenais simplement à vous informer que notre chef de groupe vient de sortir du coma. Je raccroche à l'instant d'avec l'hôpital.

Edwige, sur les nerfs depuis deux jours, afficha un sourire salvateur, limite Colgate.

— On peut aller le voir ?

— Pas encore, il est dans les vapes. Mais d'après le toubib, ça sent bon. Au moins sur les séquelles neurologiques.

— Tu as prévenu Julien ?

— Il n'a pas décroché du chevet de Victor. Donc, je pense qu'il est au courant…

Un ange passa. Edwige lui fit un croche-patte.

— Nous aussi, on a du neuf. Morita s'est payé une escort à son arrivée. On a son numéro.

— Je suppose que c'est un portable de guerre ?

— Un quoi ?

Hakim reprit la main.

— Un portable de guerre, un téléphone prépayé qu'ils utilisent pour pas se faire prendre. C'est ce que je t'expliquais tout à l'heure. Les vieux poulets appellent ça comme ça... Oui, c'est ça, Philippe.

Valmy ne laissa pas passer.

— Même à la retraite, Hakim, tu resteras un jeune con. Bon, on a deux solutions. Je m'en remets à toi, Edwige. Tu es la cheffe, maintenant.

— Oui, enfin c'est Quinet qui aura le dernier mot.

Le vieux flic lui adressa un regard malicieux.

— C'est le patron qui décide, mais c'est nous qui lui vendons les solutions, gamine. C'est comme pour entrer en boîte. Tout est une question de vernis... Je disais donc : on a deux solutions. Soit on branche le numéro en espérant que ça morde, qu'on localise une adresse où aller la chercher, on tente de l'entendre comme témoin et on prend le risque qu'elle se pointe pas... il laissa planer un silence...

— Soit je prends mon téléphone, j'appelle le numéro, je prends ma voix de vieux micheton et je me fais passer pour un client. Une fois avec elle, je la cuisine... Puis si c'est utile, on fait apparaître ça comme renseignement anonyme dans la procédure.

— Et comment on sait si personne ne sera dans l'appart où elle bosse pour faire la sécu ? demanda Hakim.

— On la fait venir dans un bel hôtel. T'inquiète pas, je peux me faire prêter une chambre quelques heures. Ensuite, il faudra être convaincants pour qu'elle se taise...

Edwige prit quelques secondes – inutiles – de réflexion.

— On y va pour la deuxième solution. Mais c'est moi qui serai dans la chambre d'hôtel. Elle sera moins méfiante.

Valmy acquiesça, puis composa le numéro surligné par Hakim.

Quelques heures plus tard, Edwige faisait les cent pas dans la chambre d'hôtel. Valmy, assis sur le lit, était d'un calme olympien. On frappa à la porte de la suite. Le flic se leva et alla ouvrir. Edwige s'installa dans l'autre pièce. Il distingua, dans le couloir, l'ombre du type qui accompagnait la jeune fille. Il allait falloir la jouer serré. Ils n'avaient que trente minutes. Le flic lui fit signe d'entrer. Elle posa distraitement son sac à main sur un fauteuil et regarda Valmy avec des yeux de biche.

— Pour commencer, pourriez-vous me compenser ?…

Il sortit une enveloppe de sa poche, dans laquelle se trouvaient trois cents euros issus de la caisse noire du groupe.

— Merci, mon chéri… Dis-moi, par quoi veux-tu commencer ?

C'est le moment qu'Edwige choisit pour entrer dans la chambre.

— Si vous êtes deux, c'est plus cher… Et puis, il fallait me prévenir.

La flic sortit sa carte.

— On a des questions à te poser.

Le visage mutin de la jolie blonde se durcit d'un seul coup. Elle jeta l'enveloppe par terre.

— C'est bon, je me casse. C'est quoi, vos méthodes à la con ! Si t'as des questions, connasse, t'as qu'à me laisser une convocation.

Edwige avait été trop brusque. C'est Valmy qui prit le relais.

— Eh ! T'as pas compris, là. À ton avis, si tu reviens sans fric, le type qui attend dans le hall, il va penser quoi ? Ce qu'on te propose, c'est trois cents balles, tu réponds à nos questions et tu te tires. C'est bonnard, non ?

La fille se vautra dans le canapé.

— Je t'écoute, flicard…

— Qui t'as appris à parler comme ça, déjà ? On est pas dans les ripoux, là… Bon, on a une seule question. Il y a une semaine, y a un Japonais qui t'a demandé de venir au Crillon…

— Possible…

— Allez, nous fais pas perdre de temps. Le type est mort.

La fille se redressa.

— Eh ! J'ai rien à voir là-dedans. De toute façon, l'autre tordu, là… je suis partie au bout de cinq minutes.

Les deux flics se regardèrent. Edwige reprit la main.

— Pourquoi ?

— Je sais pas, je l'ai pas senti. Il était chelou… Il avait posé deux mille euros sur la table de nuit…

— Et ?

— Et c'est le double du tarif que je lui avais annoncé. Il voulait que je me maquille, que je mette une perruque… Il était chelou, je vous dis. Déjà, il parlait pas français. Il ricanait de manière super aiguë, il m'a montré une espèce de robe de chambre chelou et un truc de maquillage. Il me serrait par le poignet, il avait l'air bizarre…

— Et il t'a laissé te barrer ?

— Non, c'était ça le plus étrange. Il est allé poser son cul dans la salle de bains en attendant que je me prépare. Il s'est enfermé, je lui ai laissé son fric et je me suis tirée. Voilà.

— Et comment il a réagi, ton mac ? demanda Valmy…

— Mon mac, il m'a engueulée, qu'est-ce que tu veux qu'il dise ? J'ai perdu une passe à dix sacs, tu voulais qu'il m'offre le champagne ? Bon allez, je me tire maintenant. Vous avez ce que vous vouliez, non ?

— Attends un peu…

Edwige lui attrapa le bras au passage, la jeune fille se dégagea…

— Tu veux quoi, putain ?

Valmy lui lança un regard noir et sortit une feuille du porte-documents qu'il avait posé sur la table basse.

— Eh, déjà t'arrête de gueuler parce que sinon ton mac il va venir frapper à la porte et on va être obligés de lui foutre les pinces. Donc… Tu es sympa avec nous, et on oubliera que t'existes.

— Pose-la, ta question…

— Est-ce que tu reconnais ton client, là-dessus ?

Valmy lui montra une série de plusieurs photos.

— Eh, mais je croyais qu'il était mort. Pourquoi tu me demandes de le reconnaître…

— T'occupe ! Il est là ou pas ?

— C'est le numéro 3. Je peux me casser, maintenant ?

Edwige soutint son regard noir.

— Bonne journée, madame. La police judiciaire vous remercie de votre collaboration.

— Pouffiasse.

Valmy se marra à peine la porte refermée.

— Charmante, n'est-ce pas ? Bienvenue, ma chère Edwige, dans le monde feutré de mon ancien service…

La flic lui sourit.

— Le principal, c'est qu'elle ait reconnu Morita. Mais c'est pas un peu gros, cette histoire de type qui cherche à déguiser une escort en geisha ?

— Pas forcément. C'est un service très spécifique, je crois… peut-être que c'est ce qui le fait triper. Faudrait qu'on en sache plus là-dessus…

— On peut consulter un sociologue ou un historien…

Valmy se surprit à sentir son cœur accélérer et son visage se dérider.

— J'ai ma petite idée…

Paris, 2010

Il avançait sur les quais de Seine. C'était ce moment de grâce, pendant lequel le jour faisait place à la nuit. L'hiver commençait à poindre, cela se voyait sur les nez des Parisiens, qui avançaient emmitouflés dans d'épaisses écharpes. La lumière était hors normes, comme seule sait en offrir Paris en novembre. Le ciel s'était paré d'un manteau gris clair qui semblait avoir été griffé de rose pâle. Le soleil descendant, invisible derrière les épais nuages d'hiver, parvenait, au prix d'une lutte sauvage, à faire passer ses rayons à travers les cumulus, pour les faire darder sur la Seine. Agitée par un vent froid, celle-ci scintillait de millions de petites perles qu'écartaient sans ménagement, sur un air de jazz cheap, des péniches remplies de touristes. Tout était harmonieux, même le ballet des voitures sur les quais de Seine, même le bruit des Klaxon. Paris vivait. Le Paris que Ziggy connaissait, dont il avait exploré chaque recoin, dans les ruelles duquel il s'était caché pour prendre sa dose. Celui qu'il avait parcouru en long, en large, en travers. Sur les pavés duquel il avait fait ses joggings, avec sur le dos son barda qui, au fil des jours, se faisait de plus en plus lourd. Il avait dormi sous ses portes cochères les plus accueillantes, dans ses halls d'immeubles les plus insouciants. Il connaissait cette ville mieux que quiconque. Il était celui qui n'avait rien et qui possédait tout. La tour Eiffel, le métro, chaque pavé, chaque goutte d'eau lui appartenait. Loubard chaloupé, il défiait la ville. Il ne s'alimentait presque pas, s'entraînait tous les jours pour ne pas craquer. Il n'y avait que le soir qu'il laissait tout partir, une seringue dans les veines. Il ne prenait que de l'héroïne, il ne voulait rien d'autre. Pour avoir encore la force de se lever un jour, pour ne pas être un cadavre de crackeux, ne pas se retrouver à hurler sur les braves gens dans une rame de métro. Il ne voulait aller dans aucun de leurs repères glauques, coucher avec aucune de ces femmes qui ont renoncé à tout, annihilées par le manque ou anesthésiées par la came. Il était fort. Plus fort. Malgré ses bras qui commençaient à se cyanoser, malgré la pente qui se dressait devant lui et qu'il ne remonterait pas – il le savait : la rue savait faire passer ce type de message définitif à ceux qui en subissaient les affres. Il marchait en tee-shirt par cinq degrés, et sans baisser les yeux. Il se disait qu'ils n'étaient tous que des visiteurs, des gens de passage. Lui mourrait ici, il rendrait son dernier souffle sur les pavés centenaires. Lui ne s'abritait pas de sa ville.

Il avançait vers les beaux quartiers. Il aimait bien, surtout autour de la place d'Iéna. C'étaient des rues en suspens, sans terrasses animées, sans trop de passage.

Les hautes portes d'immeubles en fer forgé gardaient un univers qu'il ne connaîtrait jamais. Il les voyait comme autant de barrières vers une vie dont il n'osait rêver. Il aimait bien regarder les façades, sur lesquelles on voyait parfois de jolies sculptures, des gargouilles plus ou moins fines. Des blasons, souvent. Il ne connaissait pas l'histoire de ces pierres, alors il l'imaginait. Ça l'empêchait de penser au produit qui ne coulait pas dans ses veines et qu'il attendait chaque soir comme le messie. Les rues étaient si calmes, tout était si loin du monde qui, malgré lui, l'aspirait.

Un bruit sourd troubla sa recherche de volupté. Un bruit qu'il aurait reconnu entre mille. Celui d'un poing qui s'écrase sur un visage. Il tourna la tête. De l'autre côté de la rue, trois types encadraient un homme en costume. Sur les trois, deux étaient grands, imposants. Un troisième, plus petit, collait son front à celui de l'homme qui reculait, apeuré, l'arcade en sang. L'un des deux grands mecs lui asséna une droite qui le fit disparaître derrière une voiture en stationnement. Les trois types s'étaient alors mis en cercle et avaient commencé à rouer l'homme de coups. C'est le moment que choisit Ziggy pour traverser la rue et hurler aux trois voyous d'arrêter. Le plus petit le fixa : « Tu veux quoi, fils de pute ? Allez tire-toi, sale tox de merde… » Ziggy serra ses poings, devenus durs comme du roc à force de boxer contre de l'écorce. En bon gaucher, il surprit le plus petit des trois – qu'il avait jaugé comme étant le plus dangereux – avec un direct du gauche qui le cloua au sol. L'autre venait de se voir écraser sur le visage l'équivalent d'un parpaing propulsé à pleine vitesse. Les deux types les plus massifs se tournèrent vers Ziggy, qui se mit en garde et en envoya un premier au tapis par une balayette, avant de lui écraser la gorge par un autre direct du gauche. Le troisième, se sentant soudain un peu seul, se mit en garde. Ziggy le sentit fébrile : son corps reculait, il ne voulait pas aller au combat. Il suffit alors au « sale tox » d'esquisser un mouvement du bassin pour que les presque deux mètres de muscles qui se dressaient devant lui prennent la poudre d'escampette, habillant sa fuite d'un cri de castrat. Ziggy tendit une main recouverte de crasse vers l'homme en sang, qui s'en saisit sans hésiter.

— Ça va, monsieur ?

— Plutôt bien, grâce à toi.

Ziggy ne s'attendait pas à être tutoyé d'emblée. L'homme avait une voix rocailleuse. Chacun de ses mots tenait de l'éboulement. Une fois qu'il se fut essuyé avec un mouchoir de soie, son visage apparut, buriné. Il lui tendit une main amicale. Entre son pouce et son index, étaient tatoués trois points les uns face aux autres, qui ne représentaient en rien un signe de reconnaissance des habitants du triangle d'or.

— Comment tu t'appelles ?

— Ziggy, monsieur.

— Moi, c'est Frédéric, enfin Fred. Dis-moi, Ziggy. Les types que t'as tabassés, là…

— Oui ? Je suis désolé si je vous ai causé des problèmes…

— Tu déconnes, ou quoi ? Où est-ce que tu as appris à te battre comme ça ?

Ziggy baissa la tête, échappant au regard brun de Fred.

— Nulle part, monsieur. Je m'entraîne, c'est tout…
— Tu t'entraînes… Écoute, je sais pas d'où tu viens, je sais pas qui tu es. Mais les trois connards que t'as mis au tapis, ils risquent de revenir. Et moi, j'ai besoin qu'on me protège. Tu cherches du travail ?
Ziggy hocha la tête en silence.
— Et ben t'en as trouvé, mon gars.

– 25 –

— Tu te fous de ma gueule, Philippe, en fait ?

Le téléphone de Valmy était devenu, depuis quelques secondes, extrêmement désagréable à son oreille.

— Tu me fais les yeux doux pendant toute une soirée, on dîne, je te propose un verre chez moi. Et là, tu me la joues écorché vif sur le trottoir, à m'embrasser du bout des lèvres et à tourner les talons comme dans un mauvais film. Je me dis « Le pauvre, il a des blessures… Il va me rappeler ». J'attends comme une cloche pendant quatre jours, et silence radio. Et puis, ce matin, comme une fleur, monsieur Valmy m'envoie un texto pour me demander si je peux lui parler de la tradition des geishas ? C'est une loooongue caméra cachée, ou t'es vraiment à côté de la plaque en ce qui concerne les femmes, Philippe ?

Philippe Valmy essuya le revers qu'il venait de prendre. Il se rendit compte que cela faisait très longtemps qu'on ne lui avait pas parlé comme cela. Longtemps, en réalité, que l'on prenait des gants avec lui. Que l'on faisait en sorte de ne pas trop le déranger, de le laisser dans sa bulle dépressive pour éviter qu'il se tire une balle qui n'avait jamais été pour lui.

— Je suis désolé, Karine, je…

— Ne te fatigue pas. C'est quoi, tes questions ?

Valmy retrouva un ton qu'il pensait avoir perdu.

— On va attendre deux minutes pour les questions si tu veux bien. Et si, je me fatigue parce que figure-toi que l'autre soir, je suis rentré comme un con dans mon appartement, que j'ai passé ma nuit à ressasser des trucs chiants avec mon whisky à la main, et que j'en ai marre qu'on me plaigne pour ça. Je pense que ma soirée aurait été bien meilleure si j'étais monté chez toi, donc oui, je me fatigue. Dans tous les sens du terme, si tu veux tout savoir. Tu veux bien qu'on dîne ensemble ce soir ?

Elle laissa planer un silence avec lequel elle s'amusait. Un chat avec une souris.

— Bon, commandant, vous la crachez, votre Valda ? J'ai des macchabées sur le feu.

Il déglutit bruyamment, sans demander son reste.

— On a découvert que notre suicidé aimait bien les geishas… Il a voulu le faire faire à une escort le soir de son arrivée.

— Comment ça, le faire faire à une escort ?

— Eh bien, il lui avait préparé un kimono et une perruque, avec du maquillage, et il lui a demandé de les mettre.

Ichiguro se mit à rire.

— Je vais te corriger sur un truc, Philippe. Ton mec, il n'aime pas du tout les geishas. Je pense même que ce qui l'excite, c'est de massacrer ses traditions. C'est un fantasme assez couru, figure-toi. Quand on ne supporte pas le carcan dans lequel on évolue, si l'on est loin, on cherche à le briser, et parfois ça passe par un fantasme dans lequel on le souille.

— Tu es psy et médecin légiste ?

— Non, je suis juste une femme à moitié japonaise, Philippe. J'ai été l'objet de beaucoup de fantasmes…

L'esprit de Valmy s'égara. Il se reprit.

— Donc tu me dis qu'il ne faut pas que je cherche du côté des geishas ?

— Ce que je te dis, c'est que les geishas ne sont pas du tout ce que tu crois. Je ne vais pas te faire un cours d'histoire, tu n'as pas le temps, et à vrai dire, moi non plus. Mais pour faire simple, ce ne sont pas des prostituées, c'est même un sacrilège que de les considérer comme telles. Quand elles sont apparues au XVIe siècle, c'étaient des artistes qui divertissaient les hommes dans ce qu'on appelait les « quartiers de plaisir » au Japon. Et c'est encore le cas aujourd'hui. Elles accompagnent des groupes ou des hommes pendant des soirées, discutent avec eux, jouent de la musique, dansent… Mais elles ne couchent jamais. Et on ne doit pas les toucher.

— Alors, pourquoi on associe ça à de la prostitution ?

— D'abord, parce que c'est un concept qui nous dépasse complètement. Et quand quelque chose nous dépasse, on trouve des raccourcis qui sont soit en dessous de la ceinture, soit racistes. Ici, bingo, t'as les deux. Et ensuite, parce que quand les GI's américains sont arrivés au Japon, des prostituées se faisaient appeler *geisha girls* et proposaient des services à la frontière entre les deux, mais sans jamais respecter les traditions, évidemment. Je te passe les détails, mais normalement une geisha est formée dans une maison qui s'appelle une *okiya*, et elle a de longues années de discipline et d'apprentissage avant de devenir geisha. À l'époque, des gens très riches qu'on appelait des *Dannas* pouvaient même acheter des geishas et leur virginité, pas pour coucher avec, mais pour qu'elles restent pures. Enfin bref. Tout ça pour te dire que ton businessman qui fait mettre une perruque à une escort, c'est pas un amoureux des geishas. C'est un type avec des délires un peu déviants. Et en vérité, ils sont légion. T'as d'autres questions ? Parce que vraiment, il faut que j'y retourne…

— Je suppose qu'il n'y a pas de geishas ailleurs qu'au Japon…

— Non seulement il n'y en a pas ailleurs, mais même au Japon, il y a des quartiers dédiés aux geishas, et elles ne travaillent pas ailleurs. Pour ta gouverne, ces quartiers s'appellent des *hanamachis*, ça veut dire « villes de fleurs », et geisha, ça veut dire « personne de l'art ». Tu vois, on est loin de tes bordels et autres hôtels de passe…

— En effet, oui. Bon, je vais essayer de creuser là-dessus. Je peux t'appeler si j'ai d'autres questions ?

— Non, tes questions, tu les gardes pour ce soir. Vingt et une heures, le même restau que la dernière fois. Bonne journée, Philippe.

Karine Ichiguro raccrocha sans que Valmy ait le temps de répondre. Il ne parvenait cependant pas à effacer de son visage le sourire niais qu'il pensait avoir perdu.

– 26 –

Edwige rêvassait, pendant que Hakim était debout devant le tableau blanc à la manière d'un bon élève. Julien avait les traits creusés par ses deux jours à l'hôpital. Il avait des crampes aux doigts tant il avait serré ceux de Victor, les yeux gonflés et rougis doublés de ces maux de tête propres aux larmes. Valmy regardait dans le vide, un sourire béat aux lèvres. Seule Aline, au prix d'efforts surhumains, ne décrochait pas des explications techniques de Hakim, pour qui avoir réussi à capter vingt-cinq pour cent de son auditoire constituait déjà une grande victoire.

— En gros, j'ai recoupé la balise du TMAX avec le téléphone de Morita. Juste au cas où, et figurez-vous que le TMAX s'est garé trois fois à cent mètres d'une borne que Morita avait déclenchée à l'heure supposée de sa fameuse réunion. Vous me suivez ?

Un ange passa, Aline tenta de sauver la face de ses collègues qui, comme des cancres quand la première de la classe répond à une question, se mirent soudain à écouter.

— Si je comprends bien, Hakim, Le TMAX se rend régulièrement dans le même quartier que l'endroit où la victime avait rencontré son client… Ça voudrait dire que le mec qui a fait chanter Morita est en cheville avec ses clients ? Ça n'a pas de sens…

Julien leva la tête d'entre ses avant-bras.

— Mis à part si le but du chantage était de récupérer le client de Morita… Imaginons que ce soit un peu organisé : ils compromettent les mecs en les filmant avec des filles, ils les forcent à balancer le nom de leurs clients en leur envoyant Ziggy. Les mecs, d'habitude, obéissent. Mais ils tombent sur notre victime, qui était littéralement prête à crever pour sauver son honneur. Et c'est là qu'on découvre leur business qui aurait pu durer longtemps comme ça.

Valmy reprit la main.

— Pas con. Surtout que j'ai pris quelques renseignements auprès de mes contacts au proxénétisme : ils ont le bar en ligne de mire depuis quelques mois. Un de leurs tontons confirme que c'est un bar qui propose des services assez spécifiques à des hommes d'affaires japonais. Ça pourrait coller avec ce que la victime a demandé à la nouvelle amie qu'on s'est faite, Edwige et moi. À ce propos, j'ai discuté avec une spécialiste du Japon qui m'a fait un topo sur les geishas en m'expliquant bien que ce n'étaient pas du tout des prostituées, voire qu'elles étaient quasi sacrées là-bas. Et figurez-vous qu'apparemment, c'est une déviance assez courante chez des traditionalistes de vouloir assouvir leurs pulsions avec des escorts déguisées. Donc tout se recoupe. Pour le moment, la priorité, c'est d'identifier le client et le conducteur du TMAX. Il stationne où, Hakim ?

— Rue Saint-Dominique, dans le 7ᵉ. Juste à côté de la Concorde. Il y était ce matin à dix heures, et hier aussi. À la même heure.

— Ça peut même être là qu'il allait quand on l'a perdu dans le 15ᵉ. Ça se tient, en termes de trajet… Bon, on monte un dispo là-bas demain matin à neuf heures. On verra s'il y retourne une troisième fois.

— Et si ça part à la filoche ? intervint Aline, inquiète. On n'a plus de motard dans le groupe, et franchement je veux pas risquer un autre accident.

— Si ça part à la filoche, on a la balise. Je vais demander à la taulière de s'arranger avec la BRI pour qu'ils nous envoient quelques gars en renfort…

Les cinq flics se levèrent comme des diables sortis de leur boîte. Le dispositif n'aurait pas lieu avant le lendemain, pourtant, on avait l'impression qu'ils allaient se mettre en place dans les dix minutes. La chasse reprenait, une adrénaline nouvelle avait circulé dans le groupe à la suite du briefing de Hakim : la machine de la Crim' se mettait une nouvelle fois en branle. Valmy, lui, semblait retrouver une seconde jeunesse. Il avait hâte de passer des heures dans une voiture de planque, hâte de mettre les pinces à ces proxénètes maîtres chanteurs que Victor, qui se pensait mauvais flic, avait levés sur un coup de flair. Depuis le début de la journée, il n'avait pas croisé un fantôme. Aucun courant d'air froid ne l'avait traversé, il avait même senti son cœur s'accélérer lorsqu'il avait parlé à Karine.

S'il s'était écouté, il se serait avoué qu'il était bien plus impatient de manger des pâtes à l'arrabiata et de boire du chianti que d'aller planquer dans le 7e, quartier chic et outrageusement calme, dans lequel il ne mettait presque jamais les pieds.

– 27 –

Pas un chat dans ces putains de rues. Valmy s'endormait à force de fixer le vide. Rien ne vivait ni n'existait. Des familles bien sous tous rapports se pressaient sur les trottoirs impeccables, quelques livreurs – souvent mal à l'aise – entraient et sortaient de leur camionnette. Les commerçants semblaient figés derrière leurs vitrines, et Valmy piquait du nez. Il était abruti par une nuit sans sommeil, ce qui chez lui n'avait rien d'exceptionnel. Cet abrutissement, cette torpeur, cela faisait trop longtemps qu'il ne les avait pas sentis. Ce mélange d'yeux qui piquent et de ventre qui se noue, ce sourire niais qu'il était le seul à ne pas voir… Il était abruti par une nuit entre les bras de Karine Ichiguro. Pour la première fois depuis des années, il avait senti un autre corps que le sien, touché un autre corps que le sien. Quand il fermait les yeux, il sentait tour à tour les seins de Karine, il tenait entre ses mains la courbe de ses fesses. Ses cheveux filaient entre ses doigts. Son trouble évident n'avait pas échappé à Julien, au volant, qui ne put s'empêcher, malgré sa fatigue et sa déprime, d'interroger son ancien chef. « Dis donc, Philippe, t'as l'air en forme... » Valmy lui avait répondu avec un sourire en coin, doublé d'un silence qui ne laissait pas place au doute. Julien avait alors concentré son attention sur la place du Palais-Bourbon. Pour se donner une contenance, il avait saisi sa radio à l'attention de l'autre équipage.

La radio crépita dans les mains d'Alice Quinet qui, après avoir payé une bouteille de champagne à Edwige et promis de rester loin des Klaxon, avait demandé à se joindre au dispositif. Ils étaient, avec Hakim, entassés à l'arrière du soum. La jeune commissaire découvrait, depuis seulement trois quarts d'heure, les joies des surveillances au sein du 36, où les camionnettes sont moins climatisées et moins confortables qu'à la DGSI. « Hakim de Julien, ça bouge pour vous ? » Quinet fit un clin d'œil complice à Edwige et Hakim. « Ici Cristal 1, RAS pour le moment. Vous vous ennuyez, mon cher Julien ? »

Edwige sourit face à la première sortie de route de sa nouvelle cheffe de service qui avait, semble-t-il, compris qu'elle ne se ferait accepter de ses troupes si dures à cuire que par un savant mélange d'autorité, d'humilité et d'humour. Ses yeux à elle ne brillaient pas. Elle avait aussi manqué de sommeil, pour les mêmes raisons que Valmy. À la différence que lorsque le jeune type – consultant, graphiste, responsable marketing... elle ne savait plus – était parti de chez elle ce matin à six heures pour rentrer se changer, elle avait fondu en larmes. Ça lui était encore arrivé. Elle avait discuté avec un type sur une des trois applis de rencontres sur lesquelles elle était inscrite. Ils s'étaient rejoints dans un bar à côté de chez elle, s'étaient lancés dans une danse qu'ils ne connaissaient que trop bien – blagues, anecdotes soi-disant personnelles, deuxième verre, balade dans Paris, baiser maladroit, baise encore plus maladroite, sommeil en pointillé et départ au petit matin pour Greg, Fred ou Bertrand (puisqu'on vous dit qu'elle ne savait plus). Le tout, doublé du classique « on s'écrit ». Et ce matin, comme beaucoup de matins, elle avait pleuré. Pas longtemps, pas beaucoup. Rien de grave. Elle avait simplement pleuré. Parce qu'encore une fois, elle n'avait pas été satisfaite. Encore une fois, elle s'était laissé avoir. Le plaisir physique n'était même plus envisagé. Elle cherchait simplement à tromper l'ennui, la solitude. Elle voulait oublier le corps supplicié de Morita, Victor sur un lit d'hôpital. Et baiser était un moyen comme un autre.

Hakim, lui, ne pensait à rien d'autre qu'à la balise qui s'était déclenchée trois minutes plus tôt. Le scooter était parti d'un immeuble qu'il soupçonnait être le domicile du conducteur. « À tous de Hakim, ça bouge. Ça part du 8e, ça se dirige vers Concorde sur les Champs… »

Chacun se redressa sur son siège. Edwige n'était plus qu'à sa tâche, Alice Quinet faisait attention à chacun de ses mouvements. Les flics de la BRI, sur leurs motos, soufflaient bruyamment pour évacuer la pression. Valmy, lui, balaya d'un revers de la main l'image des yeux de Karine qui se ferment. Hakim annonça la progression.

« Ça tourne vers Invalides… Ça prend la rue Saint-Dominique. Philippe, ça va arriver sur vous. » Julien prit la radio.

« Ouais c'est reçu, on entend le bruit du moteur. » Il baissa la voix, bien que cela fût inutile. « OK, ça passe devant nous, ça se gare… Ça se gare place du Palais-Bourbon… Il coupe son moteur… Il met pied à terre. »

Chacun retenait sa respiration. Suspendu aux messages radio de Julien. Philippe était prêt à prendre le conducteur en photo.

« Il détache son casque… OK, c'est bon, il est décasqué. Homme, 1 m 70-1 m 80, type asiatique, cheveux longs… Il retire ses gants. Tatouage à la main droite. Ça correspond au signalement fait par Ziggy. »

Dans le soum et dans la voiture, les flics jubilaient…

« OK, ça se dirige vers la brasserie Le Bourbon… » Philippe était passé à l'arrière de la voiture. Les vitres fumées lui permettaient de prendre toute la scène en photo. « Ça se pose en terrasse, il est chaud. Il regarde sa montre. Il chouffe de partout, il a l'air stressé… »

Quinet se saisit de la radio. « OK, on regarde au maximum les alentours. S'il attend quelqu'un, je veux savoir d'où ça arrive… »

Les radios restèrent silencieuses pendant quelques minutes qui semblèrent être des heures. L'homme ne cessait de regarder sa montre. Julien brisa le silence :

« Attention, pour tous… Un homme vient de le rejoindre. Brun, cheveux courts, type caucasien, environ trente ans, 1 m 80, costume bleu marine… » Quinet répondit sèchement : « Vous avez une provenance ? » « Affirmatif, madame. Il vient de sortir du grand bâtiment d'en face… Il vient de sortir de l'Assemblée nationale. » Valmy zooma et prit l'homme en photo, qu'il envoya immédiatement à Hakim, Edwige et Quinet.

Dans le soum, le portable d'Alice Quinet vibra. Elle ouvrit le message de Philippe Valmy, posa ses yeux sur l'écran. Elle fixa Edwige :

— Là, ça chie dans le ventilo, capitaine Lechat. J'espère que vous êtes prête.

Edwige écarquilla les paupières, découvrant deux mirettes qui avaient besoin d'une explication. Quinet enchaîna :

— Vous ne regardez pas beaucoup la chaîne parlementaire, vous…

— Non, madame. Je suis plutôt branchée Netflix.

— Eh bien vous devriez, c'est parfois plus tordu. Je vous présente Dylan Borelli, député de son état, et étoile montante de l'extrême droite française… Moi qui ai quitté la DGSI pour ne plus fréquenter de lapins de corridor…

Hakim était plus étonné par le phrasé de sa cheffe de service que par le haut représentant de l'État qui fricotait avec un proxénète en toute tranquillité sur une terrasse, face à l'Assemblée. Quinet saisit la balle au bond.

— Ça va, j'ai dîné avec Graziani hier soir. Au moment du digestif, il m'a donné un cours de jargon PJ. J'applique…

Hakim lui sourit, Edwige rentra dans son jeu.

— Si je comprends bien, madame, notre gus vend des algorithmes de ciblage à l'extrême droite ? Si c'est ça, on n'a pas le cul sorti des ronces…

— Il va falloir qu'on se blinde. Je vais appeler le juge, mais il me faut un maximum de billes sur le conducteur du TMAX… On envoie Valmy chercher son indic, il faut qu'il le reconnaisse formellement. À partir de là, je peux contacter l'attaché d'ambassade du Japon et faire passer sa trombine aux fichiers de la police japonaise. S'il est connu, on aura de quoi demander à faire une perquisition chez le nazillon en culottes courtes.

Hakim et Edwige étaient tout bonnement interloqués. En quelques jours, la rigide Alice Quinet n'avait plus rien à envier aux vieux briscards de la PJ en termes de verve et de roublardise. La commissaire s'en aperçut.

— Je suis désolée, j'ai jamais pu piffer les fachos…

Paris, 2013

Il n'avait toujours pas l'habitude des nappes blanches. À bien y réfléchir, il avait aussi perdu celle des chaises, voire des couverts. Il promenait ses yeux tout autour de lui. Les aquariums étaient remplis de poissons, les serveurs en gilet noir valsaient entre les tables, portant à bout de bras d'énormes plateaux recouverts de mets qu'il n'identifiait pas. Les meubles en bois épais, recouverts d'un vernis carmin un peu écaillé. La moquette épaisse. Un serveur posa devant lui le bol de riz et les quelques crevettes qu'il avait commandées. À cinq mètres de lui, Fred déjeunait avec une fille qui aurait pu être la sienne – voire la fille de sa fille – ce que le jeu de pied sous la table démentait. Ziggy mangeait tranquillement, surveillant en coin la table de son patron. Deux hommes s'en approchèrent. Il lâcha ses baguettes et, vif comme l'éclair, se dressa devant eux. La voix grondante de Fred le rappela à l'ordre. « Laisse-les arriver, ces cons-là… » Ziggy, qui n'avait plus rien à envier à un chien de garde, retourna s'asseoir. À bien y réfléchir, il y avait une chose qu'il aurait aimé avoir du molosse, c'était la capacité à ne rien voir, ne pas réfléchir. Ne pas juger. Il tentait de s'en départir. Il aurait voulu ne pas ressentir cette légère gêne quand son patron de plus de soixante-dix ans se faisait tripoter au restaurant par une gamine de seize ans. Il aurait aussi voulu ne pas réussir à comprendre, quand les deux gus avaient enlevé leurs vestes. Ne pas voir leurs armes à la ceinture, solidement maintenues par des holsters en cuir. Et surtout ne pas comprendre, en voyant des paires de menottes accrochées près des calibres. Ne pas tirer les conclusions évidentes qu'il avait tirées quand Fred leur avait parlé comme à du poisson pourri, qu'il avait ouvert sa mallette et sorti deux enveloppes en kraft épaisses comme des tartes Tatin de grand-mère, et qu'il les leur avait jetées à la gueule comme si, eux, n'étaient que des caniches à qui l'on offrait des susucres. Ils s'étaient ensuite levés, excusés du dérangement et avaient filé sans demander leur reste, tandis qu'un vibrant « bande de fils de putes », prononcé à mi-voix, avait échappé à Fred qui était retourné à ses occupations adolescentes. Les deux officiers de la brigade des stupéfiants retournèrent alors sans doute au 36, pour annoncer à leur patron qu'ils « avaient leur tonton bien en main… ».

Au moment du café, Fred se leva pour aller, comme à son habitude, le prendre avec son garde du corps. Il avait conscience, en vieux loup du banditisme, du caractère indispensable de ces petites mains – ou gros bras – dont il se foutait éperdument, mais qu'il soignait en leur offrant des moments avec lui qu'il voulait faire passer pour privilégiés. Il ne manquait finalement au grand banditisme que du franglais et du baby-foot pour ressembler à une start-up.

L'étrange trio sortit du restaurant. Ziggy saisit les clés de la berline et en déverrouilla les portières. Fred et sa nouvelle conquête s'installèrent à l'arrière. Il démarra le moteur.

— Eh, dis donc, petit. Tu vas me dérégler ton rétro intérieur et éviter de te retourner, d'accord ? Au fait, tu le passes quand, ton permis ? Parce que j'ai pas envie de me faire serrer pour ce genre de conneries… Allez ! Exécution !

Ziggy obéit. On entendit alors résonner dans l'habitacle un rire d'adolescente, puis le bruit, devenu glauque, d'une fermeture Éclair. Il déglutit et mit la voiture en marche.

Ils se garèrent rue de Longchamp, en bas d'un immeuble cossu où, deux ans plus tôt, Ziggy avait gagné son nouveau boulot. « Allez, monte te changer, petit. Je vais rester avec ma nouvelle amie toute la soirée, j'ai plus besoin de toi aujourd'hui… » Les « tourtereaux » prirent l'ascenseur principal, Ziggy celui réservé aux chambres de bonne. Fred lui avait proposé, moyennant cinq cents euros par mois retenus sur sa paye – on ne se refait pas –, d'occuper celle attenante à son trois cents mètres carrés. Ziggy avait refusé, il avait préféré se servir d'un placard à balais en guise de vestiaire et garder chaque centime de son salaire. Il rangea soigneusement son costume, mit sa chemise en bouchon à destination de la femme de ménage, revêtit un tee-shirt sale et son vieux jean, endossa son sac à barda et descendit en silence.

Il se mit à courir, cette fois un peu plus vite que d'habitude, en direction du bois de Boulogne. Il avait, depuis quatre ans, ses arbres fétiches dans toutes les forêts à dix kilomètres autour de la capitale. La sueur coulait, malgré le fond de l'air, frais comme les abords d'une cathédrale. Il accéléra à la faveur d'une légère côte, pour faire monter son cardio. Les chemins de terre toussaient de la poussière sous ses pas. Les feuilles bruissaient, il avait l'habitude. C'était son quotidien, et pourtant c'était encore plus relaxant aujourd'hui que les autres jours. Enfin, il se trouva face au tronc de son chêne, sur lequel il imprima mentalement le visage de son patron, ce type à qui l'on aurait pu prêter un grand cœur mais qui filait des enveloppes aux condés, qui se tapait des mineures, et qu'il avait vu percer les genoux d'un type dans une cave de Seine-Saint-Denis, simplement parce que l'autre avait eu le mauvais goût d'arriver avec une heure de retard à un rendez-vous. Il boxa. Ses mains ne saignaient plus, il avait construit autour de ses phalanges une corne à la résistance incroyable. Dans le ciel, le soleil descendait doucement derrière les immeubles de Boulogne. Tout se para d'une couleur orangée. Il continua. Jusqu'à ce que tout ne soit plus qu'ébène. Puis, il mit un dernier coup, son direct du gauche. Celui qui lui avait toujours sauvé la vie.

Il reprit sa course, hors d'haleine. Le long des quais, dans l'empire de béton qu'était le boulevard de Sébastopol. Puis, enfin, gare de l'Est. En sueur, il s'engagea dans un parking souterrain. Il descendit le long des rampes d'accès ; il aimait se donner ce frisson de risquer de voir débarquer, à tout moment, une bagnole à pleine vitesse. Un sous-sol, deux sous-sols, trois, quatre, puis, enfin, le cinquième. Celui où plus personne n'allait se garer. Celui que les exploitants du parking avaient abandonné au prix de la paix sociale. Celui où il avait son sac de couchage, parmi des dizaines d'autres. Il enjamba les barrières de fortune qui avaient été dressées pour dissuader les automobilistes. Des cris rebondissaient contre les parois, il entendit hurler « Eh ! Voilà le sportif ! ». Il avança sans faire attention, jusqu'à son sac que personne n'osait toucher. Une fois, on avait essayé de le voler en son absence. Il avait pris le premier gus venu et, devant tout le monde, en avait fait un exemple.

Enfin, il le vit. Dans son blouson de cuir. Moins sale que les autres, les yeux plus vifs, aussi. Ziggy s'approcha. Le type lui adressa un sourire en coin. Tout se passa vite, ils se connaissaient depuis longtemps. L'un tendit les billets, l'autre compta – la confiance n'excluant pas le contrôle – et leva vers Ziggy un sourcil interrogateur.

— Tu augmentes les doses ?

— T'occupe, souffla-t-il entre ses dents.

Ziggy s'installa près de son sac de couchage, sortit sa pipe et se mit à fumer avant de s'endormir quasi immédiatement.

Ziggy arriva chez Fred à neuf heures, enfila son costume, avala son café. Il était, comme tous les matins, passé aux bains publics. Fred, lui, était abruti par ses excès de la veille… Le Cialis, bien que très efficace, l'empêchait de dormir. Ziggy alla chercher la voiture, la gara en bas. Il monta chercher son patron. Dans l'ascenseur, pas un mot n'avait été prononcé. En sortant, Fred avait susurré « Conduis doucement, petit. Je me sens pas bien ».

Ils montèrent dans la voiture. Ziggy démarra tout en douceur. Le véhicule avança quelques mètres, au pas. Fred ferma un œil sur la banquette arrière. Il sursauta. Une moto avait pétaradé. Rien de grave, il ferma son deuxième œil.

Ziggy avait fait un écart vers la gauche, pile pour laisser de la place. La moto s'arrêta à son niveau. Fred tapa sur le siège.

— Démarre, putain ! démarre !

Ziggy, impavide, baissa la vitre blindée de la limousine. Fred passa sa main à l'intérieur de sa veste.

— Petit encu…

Il n'eut pas le temps de finir sa phrase. Deux déflagrations réveillèrent les bourgeois. Le tireur lança un casque à Ziggy, qui l'enfila avant de sortir de la voiture et de sauter derrière en s'accrochant au porte-bagages. Il lança un *arigato* étouffé par la visière. Le moteur vrombit. La rue était de nouveau calme, la cervelle de Fred recouvrait le cuir des sièges. Les petits vieux s'étaient traînés à leurs fenêtres. Ziggy venait de monter en grade.

– 28 –

Au dernier étage du 36, la porte close du bureau de Michel Graziani ne parvenait pas à étouffer totalement ses éclats de voix, tout au plus en faisait-elle un brouhaha dont on ne comprenait que les mots « joli bordel », « fouille-merde » et « je ne lâche pas ». Ce qui fut distinct, en revanche, était le bruit du combiné que l'on fracasse contre son socle, espérant avoir mis à mal le tympan du directeur de cabinet du préfet de police. Ce dernier se refusait à inquiéter le député prodigue d'un bord officiellement éloigné du sien, mais qui pouvait tout de même tenir lieu d'horizon à son bateau politique. Le directeur de la PJ savait que cette sortie le propulserait chef d'état-major à Romorantin. Le « PP » actuel était connu – en dehors de sa passion pour les soldats de plomb – pour ses punitions autoritaires, rapides et sans finesse. Et c'est à ce moment-là, seul face au portrait du président de la République qui trônait dans son bureau tout neuf, que trois mots firent leur apparition dans les pensées de Graziani. Ce n'était rien, trois mots. Une proportion infinitésimale de dictionnaire, quelques lettres jetées les unes contre les autres. Mais ce jour-là, pour Michel Graziani, directeur de la police judiciaire, c'était la fin de sa carrière : « Foutu pour foutu… », il composa le numéro du procureur général, avec qui il avait joué plusieurs fois au tennis, en ayant eu le bon goût de le laisser gagner. En échange de ses quelques coups droits, il pouvait bien lui demander un service…

C'est ainsi que, quelques minutes plus tard, Graziani avançait, sûrement pour la dernière fois, dans le couloir de la Crim'. Il avait la tête haute, la dignité en étendard. Les flics qui travaillaient derrière leur ordinateur le regardaient passer. « Quand le grand patron descend de sa tour d'ivoire, c'est jamais bon », chuchota un enquêteur à la finesse relative. Le directeur entra dans le bureau d'Alice Quinet sans frapper.

— Ma petite Alice, tu vas me remercier…

Sentant l'importance de la situation, Quinet déchaussa ses lunettes d'écaille.

— Tu m'as enfin trouvé un adjoint ?

— Mieux que ça ! Je viens de dire au dircab du PP d'aller goûter à des plaisirs nouveaux…

— Comment ça ?

— Il voulait que Borelli n'apparaisse pas dans la procédure, histoire que ça ne devienne pas politique. Je lui ai dit qu'il était au cœur de l'affaire et qu'on ne pouvait pas s'en passer. Il a répondu que c'était un ordre du PP directement, je lui ai raccroché au nez.

Quinet avait aux lèvres un sourire mutin, teinté d'admiration.

— Noooooon.

— Si, et c'est pas tout. J'ai appelé le procureur général dans la foulée…

Graziani ménageait son suspense.

— Bon, Michel, t'accouches ?

Il n'arrivait pas à effacer de son visage ce sourire de vieux briscard content de lui. Il jubila quelques secondes de plus.

— Ils requalifient en proxénétisme aggravé, chantage, extorsion de données en bande organisée… Et on doit appeler l'attaché de sécurité intérieure de l'ambassade dans dix minutes. C'était un collègue de Valmy au Nigeria. Apparemment, il a des billes pour nous.

Quinet, pénaliste aguerrie, avait avec la procédure pénale un rapport quasi pavlovien qui impressionnait Graziani.

— Donc s'ils requalifient, on peut aller sur une commission rogatoire internationale ?

— C'est en cours, madame la cheffe de la Crim' ! Si ça mord au niveau du Japon, on va essayer de remonter le réseau.

— Mais y a un truc qui me chagrine, Michel.

— Quoi ?

— Je comprends toujours pas pourquoi le client de Morita a accepté de bosser directement avec notre mafieux. Il avait mandaté une grosse boîte, pourquoi il est allé dans le circuit illégal comme ça, du jour au lendemain ?

— Je pense que Borelli n'était pas le client de Morita, il n'a jamais voulu passer par des circuits légaux.

— Mais tu veux dire que ça serait un hasard que Morita ait borné dans le même coin ?

— Non, mais on approche des élections. Morita a pu rencontrer quelqu'un d'un autre parti qui voulait cibler des électeurs…

— Mais pourquoi l'extrême droite prendrait le risque d'acheter des données informatiques à des trafiquants ?

— Pour ne pas être encadrés par la CNIL, par exemple. Ils font leur popote interne, et après ils prétendent qu'ils ciblent par un heureux hasard, et paf ! Une élection gagnée…

— Ça va être coton à prouver…

Graziani sortit son dernier tour de son sac.

— On a les photos, et puis… Surprise… On a obtenu l'autorisation d'aller perquisitionner le bureau de Borelli et son dom'. On y va ce soir à dix-sept heures. Je peux te dire que ça va faire du bruit, ce truc. Si je veux éviter la mise à la retraite d'office, il va falloir qu'on en parle dans la presse, j'ai déjà commencé à faire fuiter à quelques journalistes…

Graziani fut interrompu par Valmy qui, lui, frappa à la porte du bureau de sa patronne. Il rectifia légèrement sa position face à Graziani.

— Bonjour, patron. Désolé de vous déranger, mais c'est l'heure d'appeler Francis. Il nous attend…

L'attaché de sécurité intérieure de l'ambassade du Japon parlait avec une voix grave de crooner, teintée d'un accent montmartrois discret comme le nez au milieu de la figure.

— Bon, mon Philippe… Tu nous as encore foutu un beau merdier, avec ton flair à la con ! Figure-toi que je suis allé voir mes homologues de la Tokyo Metropolitan Police, rien que ça… Et ton type est connu comme le loup blanc auprès de la troisième division de l'antigang, celle qui s'occupe de la corruption et du crime organisé. Ils ont passé ta photo à la bécane, et ils m'ont sorti sa fiche en trente secondes. J'étais fou, figure-toi… Quand tu vois que les mecs ont chacun un logiciel de reconnaissance faciale sur leur téléphone alors que nous, on se prend la tête avec nos programmes hors d'âge… Bref, tu as affaire à Takehiro Hira, un yakuza banni par les Yamaguchi-gumi pour avoir commis un viol. Il se serait reconverti dans la revente de données sensibles. Il fait l'objet d'un mandat d'arrêt au Japon, donc tu peux imaginer que nos copains nippons ont hâte de le voir… Il bosserait encore avec un milliardaire local du nom de… Attends, je l'ai noté quelque part… Ah, voilà ! Kenzo Ryū, qui assure, disons, sa logistique. Il ne manque aux Japonais que Hira pour serrer Ryū et le foutre au gnouf. Donc, ils te prient bien gentiment de le loger au plus vite. Mon avis, c'est qu'il faudrait qu'on monte une opération conjointe. On serre Ryū ici, et tous les protagonistes de ton dossier sur place. Mais ça va être un bordel sans nom en termes de procédure. Apparemment, les Japonais ont remonté des affaires d'achat de données confidentielles, particulièrement pour des campagnes politiques à Washington, à Londres et même au Brésil…

Les trois flics buvaient les paroles de Francis, si bien qu'à la fin de son monologue, personne ne pensa à rebondir.

— … Allô Paris, ici Tokyo, tout le monde m'entend ? Vous pensez quoi, de cette idée d'opération conjointe ?

Graziani se réveilla en premier.

— Parfait, on va pouvoir taper d'ici quelques jours, je pense. Le temps de récolter les preuves de notre côté.

Valmy intervint.

— Patron, on devrait peut-être différer la perquise chez le député. Si jamais ils avertissent Hira, l'autre va disparaître…

Graziani prit quelques instants avant de répondre.

— On aurait quarante-huit heures de garde à vue, si on tape la perquise discrètement sans presse ni fracas, on aura un maximum de billes pour serrer Hira et Ryū ensuite…

Quinet eut un regard inquiet.

— Mais tu ne vas pas pouvoir te couvrir, si on fait ça, Michel.

— Tant pis, les directeurs PJ sont aux affaires de corruption politique ce que les œufs sont aux omelettes…

Valmy déglutit.

— Donc on tape le siège du parti cet aprem ?

— Je pense que c'est mieux, confirma Quinet.

Montmartre cracha une dernière fois son accent à travers le haut-parleur.

— Alors, qui vais-je avoir la chance de recevoir dans notre belle ville de Tokyo pour serrer Ryū ?

Graziani répondit du tac au tac.

— Je pense que la commissaire Quinet est tout indiquée, et puis nous n'allons pas vous priver de vos retrouvailles avec Philippe.

— Trop aimable, monsieur le directeur… Mais vous ne voulez pas venir aussi ?

Graziani lança une œillade à Alice.

— Il faut bien que j'apprenne à passer la main…

Paris, 2014

Il avait pété le jouet du gamin. C'était ce qui avait fonctionné, et il se détestait pour ça. Un camion de pompiers, avec une grande échelle. Un camion de pompiers rouge pétaradant, avec dans le poste de pilotage un soldat du feu joufflu et souriant, qui portait un casque de protection. Un camion de pompiers dont les débris gisaient sur le tapis déjà constellé de taches de sang. Nuances de rouge. Le petit pleurait en silence, comme pour éviter de réveiller le monstre qui l'avait privé de son enfance. Recroquevillé dans les bras de sa mère, il adressait à Ziggy un regard suppliant. Ziggy, lui, regrettait. Depuis sept ans, il ne connaissait plus les larmes. Depuis sept ans, depuis « l'incident » à Kōka, il n'avait pas pleuré, pas ressenti. Il restait de marbre, ses yeux ne bougeaient pas. Ses paupières ne clignaient pas. Son visage se para d'un sourire qu'il voulait mauvais, et il asséna un violent coup de pied à l'homme qui gisait en sang sur le tapis. « PAPA !!! » L'enfant avait hurlé. Ziggy l'avait glacé du regard. Il s'était accroupi au chevet de l'homme, comme pour l'aider à se relever, faisant naître dans ses yeux, ceux de sa femme et du gamin, une lueur d'espoir. « Il n'est peut-être pas si méchant, le monsieur qui a cassé mon camion de pompiers… » Au moment où l'homme avait saisi cette main salvatrice, Ziggy lui avait tordu le poignet. Le craquement des jointures du radius et de l'humérus, toutes deux réduites en miettes, avait résonné dans toute la maison, comme des Krisprolls que l'on mordrait trop fort pour emmerder son voisin. La femme pleurait, ne se contenant plus. Une tache foncée apparut sur son pantalon. « Mais donne-lui ce qu'il veut, Édouard ! Je t'en supplie… » Les lèvres de l'homme étaient tuméfiées. Seul un gargarisme informe s'échappa de sa gorge. Ziggy approcha son oreille. Dans un bruit d'eau, l'homme avait répété « D'accord, 1-4-7-5-0-9-8 ». Ziggy s'était relevé, lui avait asséné une tape sur le crâne, comme on félicite un border collie d'avoir trouvé le bâton, puis s'était dirigé vers le clavier qui était scellé dans le mur. La porte s'était ouverte sur une minichambre forte. Il en avait sorti les liasses, les avait jetées au sol, puis s'était emparé de la clé USB qui se trouvait au fond, avant de se diriger en silence vers la porte de la maison. « Tu me connais pas, tu connais personne », avait-il dit d'une voix de robot, avant de sortir tout aussi calmement. Il avait remis la clé USB à son employeur, qui ne l'avait même pas gratifié d'un sourire de satisfaction et avait démarré son 4 × 4. Ils avaient roulé en silence jusqu'à une station de métro, dans laquelle Ziggy était descendu. Il avait dégringolé les marches en béton crade d'un pas énergique. La voiture avait taillé la route. Une fois dans les souterrains du métro, il avait, pour la première fois, été saisi par ce qu'il pensait être la puanteur ambiante. Son ventre s'était noué. Ses lèvres avaient tremblé. Il avait avancé, à la manière d'un zombie, vers les tourniquets qu'il n'avait plus la force de sauter. Machinalement, il avait passé son ticket de métro. Ses mains, maintenant, tremblaient. La zone entre sa lèvre supérieure et son nez commença à le démanger étrangement. Son regard se brouilla, puis une petite perle salée naquit au coin de son œil. Son visage se tordit alors en un rictus qui le rendit laid. Il s'assit par terre, la tête entre les mains, pleurant à chaudes larmes. Il avait brisé une enfance, cela n'arriverait plus. Avec ses yeux brouillés, les pas des badauds pressés n'étaient qu'un ballet indistinct. Ils ignoraient cette silhouette voûtée, assise à même le sol. Pour la première fois depuis quatre ans de rue, il ressemblait à un marginal.

– 29 –

« J'espère que vous vous rendez compte, commissaire, que vous vous attaquez à un véritable symbole de la République… » Borelli, d'un calme olympien, regardait, depuis le fond de son fauteuil, les quelques flics qui avaient été désignés pour l'opération. Graziani adressa au député le regard en coin d'un vieux matou dérangé pendant sa sieste. Ce gamin venait de le sortir d'une jubilation quasi orgasmique : terminer sa carrière sur cette image était son apogée, sa légion d'honneur. Il appréciait le silence feutré que seules venaient troubler les feuilles qui bruissaient entre les mains des flics de la Crim'. De temps à autre, le doigt de Hakim s'offrait un petit solo en cliquant sur le trackpad de l'ordinateur de Dylan Borelli, trente et un ans, déjà parlementaire, déjà en garde à vue. Un palmarès qui aurait fait pâlir de jalousie de nombreux cadres vieillissants, voire croulants de son bord qui, « à son âge, étaient en train de défendre l'honneur de la France dans les montagnes algériennes plutôt que de faire des ronds de jambe à la patronne… Mais bon, il s'éteindra bientôt, ce petit con, compte sur moi ». Assis derrière son bureau, Dylan eut une légère absence en repensant aux mots du secrétaire général du parti, qu'il avait entendus malgré lui en passant dans un couloir. Pendant que les flics fouinaient dans chaque recoin de son bureau, comme une vie défile avant la mort, il revit son parcours. Son père, fils d'immigrés italiens, ouvrier syndicaliste, puis contremaître dans une usine à Briey, terre d'accueil mosellane pour des milliers d'ouvriers italiens. Le journal de TF1 qui, tous les soirs, avait bercé son enfance. D'abord la Tchétchénie, il avait cinq ans et ne comprenait rien. Les grèves de 1995, qui l'amusaient beaucoup. Petit garçon, il accompagnait son père sur tous les piquets, se goinfrait de merguez dans le dos de sa mère. Ils rentraient tous les deux le soir, traversaient la ville à pied. Le même trajet, les mêmes rues, les mêmes maisons, ouvrières, étroites, tout en hauteur avec, devant, un bout de jardinet qui donnait aux travailleurs épuisés l'illusion de posséder un morceau de la Terre ; que le monde, ensuite, pouvait leur appartenir, mais sans faire dépasser ses bégonias sur le trottoir, parce que ça, c'est à la Ville. Les rédactions qu'il rendait, à l'école. La maîtresse, qui le félicitait. Les leçons d'histoire, qu'il écoutait religieusement. Vercingétorix, Charlemagne, puis Napoléon. Enfant, il rêvait de conquérir, comme lui. De mourir de manière romantique, en exil. De laisser une trace dans l'Histoire. Dès ses huit ans, il savait que c'était ce qu'il voulait. Que les futurs Dylan Borelli se passionnent pour lui comme il l'a fait pour Napoléon, puis pour de Gaulle. Et pour son père, aussi. Pour impressionner son père, ce héros. Cet animal politique, qui défendait corps et âme ses collègues, qui osait tenir tête à son patron, bien campé sur ses jambes solides. Qui connaissait le droit du travail en sachant à peine lire. C'est le 11 septembre que tout est parti en vrille. Il rentrait de l'école, comme tous les mardis, comme tous les autres jours. Sa mère lui avait préparé un goûter qu'il allait prendre devant *Les Minikeums*. Une barre de chocolat dans un morceau de baguette. Il avait sauté sur le canapé jaune moutarde, que protégeait une housse en plastique qui faisait des bruits de pets quand on s'asseyait dessus en sous-vêtements ; ça l'amusait beaucoup. Avait allumé la télévision. Et là, au lieu des marionnettes, il avait vu un ciel gris. Entendu des bruits de sirène, la voix d'une journaliste. Il se souvenait que la journaliste parlait fort et de loin, comme si elle n'avait plus de réseau. Les gratte-ciel new-yorkais, qu'il avait vus dans les films. Puis une image de mauvaise qualité. Qu'il revoyait encore aujourd'hui comme on regarde un film qu'on adore, dont on connaît la fin tragique, mais dont on espère qu'une opération du Saint-Esprit la fera changer au vingtième visionnage. Alors, on scrute l'écran. Et rien ne changeait. L'avion s'écrasait sur la tour, le héros mourait, le couple se ratait de peu. La vie ne changeait pas, jamais. Quelques jours plus tard, il entendait son père discuter pendant un apéro avec ses collègues. Des phrases toutes faites, basses du front. « On n'est plus chez nous », « ils nous prennent tout et en plus ils veulent nous tuer », « ils sont pas comme nous, ils s'intégreront jamais ». Dylan se posait des questions, des questions idiotes, du haut de ses onze ans. Qui étaient ces « ils » ? Qui se cachait derrière ce pronom impersonnel ? Quand son père perdit son emploi, il avait quinze ans. Il fréquentait les autres enfants de l'usine. Flirts, tours en scooter, barbecues en forêt, tags, aussi. Un type un peu plus grand que lui ne cessait de parler de l'identité française. Il disait de belles choses sur Napoléon, mais pas sur de Gaulle. Lui préférait Pétain. Il disait qu'il voulait que la France reste la France, et qu'elle ressemblerait plus à la France si elle était allemande que si elle s'apparentait à Casablanca. Ça n'avait pas de sens, mais pour Dylan, ça en avait. Alors, avec sa bombe de peinture, il s'était mis à taguer des croix gammées sur les vieux blockhaus qui existaient autour de chez lui, le long de la ligne Maginot. Contrairement à ses copains, il travaillait toujours bien au lycée. On disait de lui qu'il avait des facilités. Son bac en poche, il avait été admis à Sciences Po. Et c'est à ce moment précis qu'il avait décidé de tout changer. Il avait quitté l'Est. Il avait une seconde chance, une vraie chance de mettre son plan à exécution. Il s'était laissé pousser les cheveux. Pendant cinq ans d'études, il n'avait jamais donné son opinion politique au moindre de ses camarades. Les week-ends, il militait au parti. Fini les croix gammées, il soignerait le cancer de la France plus intelligemment. Quand son père était mort, il s'était juré de lui rendre justice. De lutter contre la mondialisation, de remettre dans le droit chemin cette France qui donnait plus à des familles d'immigrés qu'à son ouvrier de père. Il était prêt à tout. Mais pour cela, il lui fallait convaincre. À tout prix. Entrer dans la tête du peuple. Savoir ce qu'il pense, aime, vit. Ce qui lui fait peur, ce qu'il hait. La peur et la haine, surtout. Créer la panique, les empêcher de réfléchir. D'autres avaient essayé, sa « patronne » distillait des fausses informations au kilomètre. Rien n'y faisait. Ils progressaient, mais ne gagnaient pas. Les Français réfléchissaient encore trop à son goût. Il fallait cibler. Cibler précisément, toucher au cœur, aux tripes, mais jamais au cerveau. C'est comme ça qu'il s'était retrouvé assis dans ce fauteuil confortable, à observer des flics vider ses tiroirs, placé en garde à vue pour recel de données informatiques. Il risquait cinq ans de prison et trois cent mille euros d'amende.

— Monsieur Borelli, on ne vous menotte pas, mais vous montez dans le véhicule discrètement et vous ne faites aucun esclandre, c'est compris ?

La voix ferme de Graziani lui avait fait l'effet d'une droite. Il avait hoché la tête, groggy.

– 30 –

Le trajet en voiture avait redonné à Borelli un semblant de superbe. Il était confortablement installé dans l'un des profonds fauteuils du commissaire Graziani. Il avait choisi, sous prétexte de son innocence, de ne pas être assisté d'un avocat. Il se disait parfaitement capable d'assumer seul sa défense, tant les accusations portées contre lui étaient fallacieuses. Quinet et Graziani, derrière le bureau, le fixaient calmement, attendant qu'il ait terminé son laïus sur la présomption d'innocence. C'est Quinet qui lança les hostilités. Borelli était connu dans la presse pour ses sorties sexistes ; être face à une femme, jeune, et qui de surcroît avait l'outrecuidance de ne pas s'excuser d'être là, allait le pousser dans ses retranchements. Les deux commissaires avaient, pour la durée de la garde à vue de Borelli, préparé ce qu'ils avaient appelé les « montagnes russes ».

— Monsieur le député, je suis la commissaire Quinet, cheffe de la Brigade criminelle.

Borelli lui adressa un sourire qui se voulait charmeur.

— Enchanté, madame le commissaire. Vous voulez bien m'expliquer ce que je fais là, s'il vous plaît ?

En quoi cette affaire concerne la Brigade criminelle ? Vous vous occupez des assassins habituellement, non ? Jusqu'à preuve du contraire, je n'ai encore tué personne.

— Notre champ de compétences, monsieur, est relativement large. Toujours est-il que j'ai quelques questions à vous poser.

— Je dois être à l'Assemblée pour un vote demain à quinze heures, j'espère que vous avez conscience de l'importance de la chose, et surtout, de l'étendue de mon immunité parlementaire.

Quinet, qui avait pris sur elle d'effacer toute douceur de son visage, lui adressa un sourire carnassier.

— Votre immunité parlementaire a pour champ d'application les actes commis dans le cadre de votre mandat de député. Jusqu'à preuve du contraire, nous parlons de la campagne présidentielle de votre parti, dont vous avez été nommé directeur il y a quelques semaines. C'est en tout cas l'avis du juge d'instruction qui a ordonné votre placement en garde à vue. Pouvons-nous commencer, ou avez-vous envie de perdre quelques minutes supplémentaires sur des points de droit que vous ne maîtrisez pas ? Vous êtes en garde à vue pour une durée de vingt-quatre heures, pour l'instant. C'est-à-dire jusqu'à demain dix-sept heures. Plus nous allons vite, plus vous avez de chances que le juge mette fin à la mesure rapidement. Le directeur et moi avons tout notre temps. N'est-ce pas, Michel ?

Graziani opina du chef. Borelli regarda brièvement ses Berluti. Un point pour Quinet.

— Je vous écoute, commissaire.

— Comment envisagez-vous de communiquer avec les citoyens pendant la campagne ?

— Vous voulez peut-être que je vous décline notre plan de com, histoire que le président de la République s'en serve pour sa campagne ?

Quinet n'accorda même pas un mouvement de tête à la remarque et répondit tout en tapant sur son clavier, les yeux rivés sur son écran.

— Je vous conseille de garder vos théories complotistes pour les chaînes d'info en continu et de vous en tenir aux faits, monsieur Borelli. Quels moyens de communication envisagez-vous de mettre en œuvre ?

Le député répondit, pour une fois, sans fioritures.

— Rien de bien original : tractage, porte à porte, réseaux sociaux, mailing… On va faire pas mal de digital.

— Vous avez déjà recruté votre équipe ?

— Vous êtes intéressée ? Envoyez-moi votre CV, je le ferai passer à qui de droit, répondit Borelli, qui ne loupait décidément jamais une occasion de la boucler.

— Je vous répondrais bien « plutôt mourir », mais on serait en dessous de la vérité. Votre équipe, elle est recrutée ?

— En partie, oui.

— Et sur le digital, comment envisagez-vous de cibler votre électorat ?

Borelli leva les yeux.

— Oh, ben vous savez, rien de bien particulier. On va regarder qui s'est inscrit à nos newsletters et on va leur envoyer des e-mails avec le programme. Je ne comprends pas bien où vous voulez en venir, commissaire…

Au moment où Quinet allait reprendre la parole, Graziani tapa du poing sur la table. Les trois mots étaient réapparus dans son esprit. Il prit le verre d'eau posé sur le bureau et le balança au visage de Borelli, noyant du même coup le député et sa propre carrière.

— Bon, tu vas arrêter de nous prendre pour des cons maintenant, t'es pas à l'Assemblée, ici. T'es au 36, ducon. Et t'as beau avoir un joli costume, ici, t'es rien du tout. Donc tu vas parler correctement, répondre aux questions honnêtement et copieusement t'écraser.

Le député était bouche bée, le visage trempé. Quinet tenta de dissimuler le décrochage de sa mâchoire. Graziani avait mis le pied dans la porte, il fallait l'ouvrir avant de se la prendre dans la gueule.

— Allez, réponds ! Tu sais pourquoi on est là. Tu as vu les disques durs qu'on a retrouvés dans ton bureau. Donc arrête d'essayer de nous apprendre à danser alors que t'as un pied bot. Allonge-toi, et t'as une chance de devenir conseiller municipal de ton village d'ici quelques années. Sinon, je te taille un costard qui t'obligera à te reconvertir, voire à changer de pays. ALORS ?

La statue était tombée de son piédestal. Borelli bredouilla.

— On fait rien d'illégal, on récupère simplement des…

Il s'arrêta. Graziani augmenta la pression.

— Alice, tu notes au mot près. Vous récupérez des quoi ?

— Des informations à propos de nos sympathisants, et des autres aussi…

— Et ces informations, elles sont publiques, ducon ?

— Oui… enfin…

— Enfin quoi, bordel, termine tes phrases ou je te jure que d'ici dix minutes, je laisse rentrer des journalistes par erreur.

— Au début, oui. Mais on a trouvé un moyen de récupérer les données des réseaux sociaux et des boîtes mail…

— Comment ?

— J'en sais rien, vous croyez que je m'y connais ? Tout ce que je sais, c'est qu'on nous a proposé un programme qui faisait ça. Et qu'on l'a acheté, on a commencé à le tester il y a quelques jours…

Graziani, en bon pêcheur, savait qu'il fallait parfois donner du mou. Il adoucit le ton.

— Et ce programme, vous l'avez payé combien ?

— Deux millions d'euros…

Les deux flics feignirent de ne pas être surpris.

— Où vous avez trouvé ce fric ?

— On a une caisse noire, comme tout le monde.

Le directeur de la PJ était accroupi au pied du fauteuil au bord duquel Borelli était maintenant assis, la tête vers le sol. Il lui parla d'une voix douce.

— Je vais te poser une question, une seule. Et avant de me répondre une connerie, je veux que tu réfléchisses bien à tout ce que je t'ai dit avant, t'as compris ?

L'autre resta silencieux. Graziani hurla, faisant même sursauter Quinet.

— T'AS COMPRIS ?

— Oui, oui, j'ai compris, monsieur.

— À qui tu as acheté ce programme ?

Le député se mit à pleurer. Graziani regarda Alice.

— Note sur le PV qu'il se met à chialer.

— On a acheté ça à un type, un Japonais. Je sais pas comment il s'appelle, il parle qu'anglais. Il m'a dit que je pouvais l'appeler Osaka…

— Tu pourrais le décrire ?

— Je l'ai vu que trois fois, il est pas super grand, japonais, quoi. Il a un tatouage sur la main, j'ai pas bien vu…

— Très bien, et tu l'as payé comment ?

— Il m'a donné un RIB, et on a fait un virement sur un compte à Guernesey.

— Depuis la France ?

— Non.

— Depuis où ?

— Je sais pas, je vous jure que je sais pas. C'est la patronne qui gère ça. Moi, je suis juste là pour faire l'intermédiaire.

— Ce gus, là, tu pourrais l'identifier ?

— Je crois, oui.

— C'est bien. Tu vas aller te reposer en cellule, maintenant. Et penser à ta reconversion.

Borelli pleura à larmes plus grosses encore. Tout se cassait la gueule. Quinet notait en silence, faisant valser ses doigts sur le clavier à la vitesse de l'éclair pour que Borelli signe ses aveux au plus vite. Graziani, lui, commençait à réfléchir à la façon dont il allait organiser son déménagement vers Romorantin.

– 31 –

— Moi vivant, ça n'arrivera pas, patron…

Valmy se tenait debout derrière son bureau. Il avait les pieds ancrés dans le sol et les bras croisés. Le reste du groupe assistait au duel en tentant de se faire le plus petit possible, afin d'éviter que Quinet ne les remarque et leur demande de sortir.

— Philippe, je vous en supplie, reconsidérez votre position. Sans lui, l'affaire ne tient pas debout.

— Mais quelle affaire ? Je vous rappelle qu'on est supposés enquêter sur des meurtres, et on se retrouve en sous-effectifs, avec un chef de groupe en kit sur un lit d'hôpital, aucune mort suspecte, de la corruption politique et des proxos. En gros, on est en train de sacrifier des hommes pour des affaires qui ne nous concernent pas. Tout ça parce que Graziani et vous avez de bons rapports avec les magistrats ? Je suis désolé, mais il y a déjà eu trop de dégâts sur ce dossier.

Quinet restait de marbre. Tout le monde était suspendu au moindre de ses regards, à la moindre de ses interventions. Aucun des flics en présence ne savait comment elle allait prendre l'invective de Valmy. Le savait-elle elle-même ? Elle parla calmement.

— Philippe, on a trop misé. Vous ne vous rendez pas compte de l'importance de ce dossier.

— Une importance politique ? Mais j'en ai rien à foutre, moi.

— Vous pouvez dire ce que vous voulez de notre gestion de l'affaire, mais pas ça. Michel a ruiné sa carrière pour sortir ce dossier, et je pense que j'ai parfait ma réputation de connasse au sein du cabinet du PP. Donc oui, elle est politique cette affaire, mais pas comme vous l'entendez. On est en train de faire en sorte qu'un parti ne truque pas les élections présidentielles en mentant allégrement aux électeurs et ne prenne pas le pouvoir. Pardon d'user de grands mots, mais une prise de pouvoir aussi tordue, c'est proche du coup d'État. Alors oui, le seul sang qui a été versé, c'est celui de Morita, qui s'est fait ça tout seul comme un grand, et celui de Victor qui est la victime collatérale de ce dossier. Mais Victor a été excellent, et c'est lui rendre justice que de le sortir, putain ! Parce que là, ce sont des millions de vies qui sont en jeu si ce réseau continue ses conneries.

— Ce n'est pas une raison pour que je crame mon indic…

— Je sais que vous lui avez promis le contraire, mais si Ziggy ne témoigne pas, on n'a pas de quoi faire tenir le dossier, c'est aussi simple que ça. Vu l'ampleur, il bénéficiera du programme de protection des témoins. Il est seul, marginal. Personne ne le retrouvera jamais. Il n'a pas d'attaches, tout ce que ça lui apportera, ce sera un appartement et de meilleures conditions de vie.

Je ne comprends pas pourquoi vous hésitez, là… Y a que vous qui sachiez où le trouver, que vous qui puissiez le convaincre. Bordel, Philippe, m'obligez pas à vous supplier !

Valmy la regarda pendant de longues secondes, elle ne cilla pas. Personne n'aurait été surpris de voir rouler, sur le linoléum du 36, quelques virevoltants desséchés, tant l'ambiance était devenue celle d'un western. Valmy sortit du bureau. « Il faut que je réfléchisse… »

À peine la flamme du briquet avait fait crépiter le bout de la cigarette, que Julien apparut et se planta devant Valmy.

— T'as conscience qu'elle a raison, Philippe ?

— Ouais…

— T'es loquace, dis donc.

— Je te dis que oui, tu veux quoi d'autre ?

— Que tu le fasses… Ne serait-ce que pour Victor. Je vais te dire un truc, Philippe, et je vais me casser parce que j'ai même pas envie que tu me répondes, mais faut pas que t'oublies que tes indics, c'est pas des enfants de chœur. Arrête de les faire passer avant les collègues… Et puis, pour celui-ci, les arguments de la taulière se tiennent.

Le jeune flic tourna les talons. Valmy écrasa sa clope à peine consumée et descendit en direction du parking.

La voiture roulait lentement, au rythme de sa conscience. Il était vingt heures, il savait où le trouver. Il ne savait simplement pas ce qu'il allait lui dire. Pendant ses trente ans de carrière, il avait obéi à cette unique règle, qui en avait fait le flic qu'il était : ne jamais dévoiler l'identité d'une source. De cette morale absolue découlait toute son attitude, toute sa droiture. S'il mordait aujourd'hui la ligne qu'il s'était tracée, plus rien n'avait de sens. Le jour où il a déployé des trésors de volonté pour ne pas tabasser Ricky. Le jour où son canon s'est retrouvé sur le front de Max qui venait de tuer sa femme… Tous ces moments s'effaceraient derrière cette ultime décision, ridicule au demeurant, mais qui aurait le pouvoir de remettre toute sa vie en question.

Il se gara sur le parking et s'enfonça dans les bois. Une voix abîmée par la rue l'apostropha. « Comment ça va, chef ? T'es pas en uniforme, aujourd'hui ? » Valmy reconnut son interlocuteur. « Salut, j'ai pas le temps, là. Il est où Ziggy ? ». « Ziggy il est sous son arbre, comme d'hab, chef ! » « Merci, salut. » « Ciao. »

C'était la première fois que Valmy assistait à ça. Il regardait Ziggy, sa position. Le bruit sourd de ses poings contre l'écorce venait heurter ses tympans, comme autant de cartons qu'on lâche sur le sol. Chaque geste était millimétré. Son regard était acéré, déterminé. Valmy pensa ce que tout le monde pensait de Ziggy : « Son direct du gauche doit être redoutable. » Il entraperçut, sur ses avant-bras, quelques marques de cyanose. Il se piquait. L'addiction avait fait son chemin. Moins vite que chez les autres, moins brutalement, mais elle continuait sa route assassine. Le sport n'y pouvait rien, le mental n'y pouvait rien. La came serait, de toute façon, plus forte que tout. Valmy attendit que Ziggy ait fini. Il l'observa pendant près de trente minutes. Il observait cette machine de guerre qui ne soufflait pas, ne se reposait pas. Boxait simplement, toujours avec la même intensité, la même précision. Quand il s'arrêta, Ziggy aperçut Valmy assis sur un tronc d'arbre. Une vieille serviette autour du cou, il s'approcha. À ce moment précis, le flic pensa à Rocky. Une sorte de Rocky qui se serait perdu en route. Un type cabossé qui s'accrochait.

— Bonjour m'sieur, vous allez bien ? Je peux faire quelque chose pour vous ?

Ils étaient restés assis là pendant plusieurs heures. Quand Philippe Valmy s'était levé du tronc d'arbre, la nuit était déjà couleur de plomb. Ziggy était rentré au campement. Valmy, lui, s'éclairait à la faveur de son téléphone portable pour regagner le parking. Il ignorait tout de ce que Ziggy comptait faire. Il n'avait pas tenté de le convaincre ni de le dissuader. Il n'avait fait appel à aucun sentiment. Il lui avait exposé la situation, tout simplement.

Ziggy courait. Il ne savait plus rien. Il courait dans le noir, dans cette forêt qu'il connaissait par cœur, dont il savait l'emplacement de chaque arbre, de chaque racine. Dans cette forêt dont les bruits nocturnes ne l'effrayaient pas. Il courait, simplement. Tout lui revenait. L'école, le bar à filles, Fred, l'enfant… Tout remontait à la surface. Soudain, il bifurqua.

Philippe Valmy démarra la voiture de service. Les phares s'allumèrent automatiquement. Il passa la première. Dans la lumière des phares, un buisson bougea.

Ziggy, zébulon triste, apparut sur le parking, hors d'haleine. Il fit signe à Valmy d'attendre et s'approcha de la vitre.

— Monsieur, emmenez-moi avec vous.

Deux heures plus tard, il était dans le bureau du juge d'instruction, signait son procès-verbal et son inscription au programme de protection des témoins. Il se surprit à sourire : c'était la première fois qu'il se rendait utile autrement qu'avec ses poings.

– 32 –

Parmi les rares situations où elle ne maudissait pas son mètre cinquante-neuf, l'avion était, pour Alice Quinet, la plus paradoxale de toutes. Assise à côté de Valmy, elle tentait, malgré les quelques turbulences, de laisser choir quelques gouttes dans ses yeux asséchés. Elle profitait par ailleurs de cet incompréhensible réflexe qu'a l'humain d'ouvrir la bouche lorsqu'il réalise cette acrobatie pour déboucher ses oreilles, meurtries par le décollage. Bref, la cheffe de la Brigade criminelle ne jouissait pas du premier des conforts. Et pourtant, quand elle tournait la tête et posait ses yeux sur le mètre quatre-vingt-treize de Valmy, recroquevillé sur son siège de classe économique, elle ne pouvait s'empêcher de se sentir en veine. Le vieux flic ne parvenait pas à fermer l'œil. Une boîte de Lexomil – certaines habitudes sont plus tenaces que d'autres – lui faisait de l'œil dans la poche de sa chemise. Depuis le décollage, il s'était retenu d'en prendre un. Pour ne pas choquer Quinet qui, à ses yeux, ne devait s'autoriser une bière légère que le samedi, pas plus. La première heure de vol s'était déroulée en chiens de faïence. Il en restait quatorze...

La glace se brisa lorsqu'avait fondu le glaçon qui accompagnait le whisky d'Alice Quinet.

— Vous savez, patron, que les effets de l'alcool sont démultipliés en avion ? lui avait demandé Valmy, l'œil qui frisait.

— Vous savez que votre jus de tomate casse complètement votre image de flic de polar un peu rouillé ?

— Alors vous avez raison d'éviter l'eau, madame...

Il avait levé son verre en direction de sa nouvelle cheffe, qui était venue en percuter le plastique, faisant entendre, en lieu et place du bruit cristallin qu'ils espéraient, une sorte de gargarisme désagréable.

Ils n'avaient pas vu passer la demi-journée de vol qui s'était ensuivie. Après une longue période de haine réciproque, c'est le sourire aux lèvres qu'ils passèrent la porte des arrivées de l'aéroport de Tokyo. Francis, l'attaché de sécurité de l'ambassade, était debout au milieu d'une foule compacte friande de retrouvailles et de chauffeurs privés qui tenaient des pancartes supportant des lettres latines, pour certaines hasardeusement tracées ; saluons un effort qui ne connaissait sûrement pas de réciprocité en terres françaises. Il était petit et trapu. Son crâne dégarni et sa barbe de trois jours lui donnaient des airs de prof à la retraite, accentués par sa chemisette à carreaux et ses lunettes en demi-lune, négligemment posées sur le bout de son nez. Il leva les bras à l'endroit de Valmy, dans un mouvement qui lui donnait l'air d'être rescapé d'un naufrage. Alice Quinet s'avança et lui serra la main avec fermeté.

— Bonjour, je suis la commissaire Quinet. Merci d'être venu nous chercher.

Francis lui sourit et répondit de sa voix d'outre-tombe.

— Bonjour, madame la commissaire. Très heureux de vous recevoir.

Il tapa sur l'épaule de Valmy.

— Comment tu vas, mon vieux ? Putain, tu vieillis pas ! Allez, venez ! On est garés là-bas.

Juste à la sortie de l'aéroport, au niveau des taxis, où s'étirait une file d'attente ordonnée à l'extrême, une voiture de la police tokyoïte et deux motards attendaient. Lorsqu'ils avancèrent, le conducteur en sortit et ouvrit la portière arrière à Quinet et Valmy. Francis s'installa à la place du mort, et le convoi démarra. Les motards fendaient les embouteillages, si bien que Valmy et Quinet n'eurent pas le temps de faire une transition douce propre à chaque arrivée en pays étranger.

Ces quelques dizaines de minutes de transfert entre l'aéroport et la ville que l'on visite, pendant lesquelles toutes les autoroutes se ressemblent. Seules les plaques d'immatriculation changent. Puis, petit à petit, des boutiques apparaissent, des panneaux publicitaires dans une langue étrangère. Les premiers piétons et, enfin, les portes de la ville. Tout cela, ils n'y avaient pas eu droit. Lorsqu'ils descendirent de la voiture devant le siège de la police métropolitaine de Tokyo, ils furent pris d'un terrible vertige. C'était un immense bâtiment d'une dizaine d'étages qui pourtant ne dominait pas le quartier de

Kasumigaseki. Il aurait sans doute fait pâlir l'ancien 36, mais le Bastion n'avait plus grand-chose à lui envier. Sur le chemin, Francis leur avait expliqué que le chef de la brigade antigang souhaitait les rencontrer. L'opération était prévue le lendemain à six heures du matin heure de Paris, soit treize heures à Tokyo. La rigueur du code de procédure pénal français avait remporté la bataille. Il y aurait l'interpellation de Hira à Paris par les équipes de la Crim', et trois points à perquisitionner avec huit objectifs à Tokyo. Quinet et Valmy assisteraient à la perquisition chez Kenzo Ryū. Il serait ensuite extradé vers la France à la demande des magistrats, étant donné qu'il n'existait aucune preuve contre Ryū pour des infractions commises au Japon. Les flics japonais étaient précis, méthodiques et peu avenants. Francis et Valmy, à la fin du briefing, étaient sortis fumer une cigarette. Quinet, mal à l'aise, les avait accompagnés.

« La fumée ne vous dérange pas, madame, j'espère… » s'était enquis Francis, qui prenait décidément son rôle d'hôte très à cœur. Alice, en réponse, avait sorti de son sac à main une boîte de cigarillos et demandé son briquet à Valmy. Les deux vieux flics, dont l'un fumait des Vogue et l'autre des menthols, s'étaient amusés du décalage absolu entre l'attitude et les fonctions de Quinet, et le spectacle de sa consommation tabagique. On ne pouvait plus assister à ça que dans quelques PMU encore dans leur jus et, maintenant, au cœur du quartier de Kasumigaseki à Tokyo. Elle avait craché sa fumée vers le ciel nippon. « Oui, je sais. Je ne fume que très rarement. Mais quand ça m'arrive, je le fais comme un commissaire alcoolique des années soixante-dix.

Que voulez-vous, je tiens ça de mon père… » « Il était commissaire, votre père ? » avait demandé Valmy. Alice avait aspiré une nouvelle bouffée de cigarillo. « Ah non, pas du tout, il était diplomate. »

Après un passage par leur hôtel, Francis avait emmené Quinet et Valmy dîner dans un restaurant de Tokyo. Sa femme les avait rejoints. En bon expatrié, l'attaché de sécurité intérieure savait parfaitement où emmener les Français de passage. C'était une sorte de chorégraphie parfaitement rodée chez ceux qui vivaient loin de leur pays, au milieu d'une culture qui n'était pas la leur. Voir de nouveaux visages dans cet univers qui ne leur appartenait pas était une sorte de bulle. Elle leur permettait de présenter à leurs invités un circuit qu'ils avaient eu le temps d'éprouver et dont ils connaissaient tous les rouages. C'est ainsi que Valmy et Quinet se retrouvèrent dans un restaurant de rāmens – les sushis, c'était soit hors de prix, soit très moyen, d'après leur guide –, redécouvrant la saveur de l'umami. Quinet était aux anges, Valmy rêvait d'un steak. Tout allait bien. Jusqu'au moment du dessert, où Valmy s'était penché vers Francis pendant que sa femme et Alice étaient sorties fumer une cigarette. « Dis donc, ils veulent ma photo ou quoi ? Ils n'arrêtent pas de nous fixer avec la patronne… » Francis se mit à rire. « Ta patronne est blonde, et t'as les yeux bleus. Je te laisse imaginer à quel point c'est rare, par ici. De plus, on est dans un quartier reculé de Tokyo. Il n'y a pas beaucoup d'Occidentaux, et encore moins de touristes. Bon, allez, une clope et je te ramène. T'as une tête de déterré, t'es jet lagé, comme on dit dans la start-up nation. Et demain, on tape ! Je suis content, ça fait des mois que je ne suis pas sorti de mon bureau… »

– 33 –

Julien et Hakim étaient collés aux murs de la cage d'escalier. Une armée d'ombres de la BRI se dressait sur les marches devant eux. Une horde si impressionnante qu'en file indienne, elle occupait tout le couloir. Le bélier était prêt à frapper, à quelques centimètres du bois. Il était cinq heures cinquante-neuf. Cette minute était celle de tous les dangers. Celle pendant laquelle les flics se mettent en place face à la porte, et que le malfrat aguerri choisit pour aller jeter un œil discret dans son judas. Celle pendant laquelle il peut tirer à travers la porte. Celle que l'on passe en apnée. Les montres étaient parfaitement réglées. La trotteuse de Julien assumait une course tranquille autour du cadran, insensible aux injonctions de son propriétaire qui voulait voir passer cette minute plus rapidement. Derrière les cagoules, les yeux burinés des flics du groupe d'intervention fixaient l'entrée de l'appartement, tout à leur objectif.

La villa était située à Jiyūgaoka, dans un quartier de bon père de famille, où les Tokyoïtes laissaient la vie s'écouler tranquillement. C'était un quartier où rien ne dépassait, où le moindre événement inhabituel éveillait l'attention. La matinée était douce, le temps semblait s'y étirer comme un vieux chien au soleil. Depuis six heures du matin, deux camionnettes étaient garées à proximité immédiate de l'entrée de la maison. À l'intérieur de chacune, six flics de la Special Assault Team de la police de Tokyo. Celle à l'enseigne d'un artisan plombier accueillait, en plus, Quinet et Valmy qui, bien que dépourvus de leurs armes par le droit nippon, avaient eu le droit de revêtir un gilet pare-balles. Il était midi cinquante-neuf. Une minute. Dans les cellules arrière des utilitaires, une tension palpable régnait. Quinet avait tenté d'adresser un mot à Valmy et s'était fait rabrouer par le chef de dispositif.

Plus que dix secondes. Julien sortit son arme et la serra dans son poing. Trois, deux, un… Il y a des bruits qui ne connaissent pas de frontières. Parmi eux, la puissance d'un bélier qui s'écrase contre une porte et le fracas du bois qui cède sous la force d'une horde de flics déterminés.

— POLICE ! Go go go !!! Clair à droite !!!!!

— *KEISATSU TAI* !

Le bruit des rangers de la BRI sur le parquet de l'appartement parisien. Une lampe torche qui se braque sur le lit de Hira. Le Japonais se leva d'un bond, asséna quelques manchettes aux armes des flics qui le braquaient, tentant de se lancer dans un combat perdu d'avance, qui n'avait pour but que de sauver son honneur. Les flics de la BRI l'avaient ceinturé, plaqué au sol. Là encore, il réussit à se débattre. Il brisa le nez cagoulé d'un capitaine du groupe d'assaut d'un coup de tête. La prise sur lui se fit un peu moins forte. Comme une anguille, il en profita pour se relever. L'exiguïté de la chambre était telle que tous les flics ne pouvaient pas y entrer. Hira se précipita vers la fenêtre, l'ouvrit et, dans un réflexe de survie, sauta sans se souvenir qu'il avait loué un appartement au cinquième étage.

Les flics japonais avaient escaladé la façade de la villa et étaient rentrés dans les lieux en chaussures, entorse aux traditions qui s'était vue communément acceptée pour d'évidentes raisons logistiques. La maison était gigantesque. Quinet et Valmy suivaient le mouvement, désarmés. C'était la première fois que cela leur arrivait. Ils se sentaient impuissants. Sur leurs gardes. Au bout du couloir, une porte était ouverte. Les forces spéciales s'y engouffrèrent. Quinet s'approcha de l'embrasure, y vit un arc de cercle de flics qui pointaient leurs fusils d'assaut HK G36 dans la même direction, hurlant tous des injonctions en japonais dont le ton, qui ne laissait pas de place au doute, avait fait tomber la barrière de la langue.

D'un bond souple, un brigadier de la BRI avait réussi à attraper la cheville de Hira, qui hurlait maintenant, suspendu au-dessus du vide. Son collègue arriva en renfort. Le héros du jour ne parvenait pas à hisser à bout de bras les quatre-vingts kilos de Hira. Une fois à portée de mains de la BRI, le suspect se laissa maîtriser. L'adrénaline était montée à la tête du brigadier qui lui avait sauvé la vie, et qui, hors de lui, lui colla une baffe. « Mais t'es con ou quoi, toi ??? » Julien et Hakim entrèrent dans la chambre. Hakim, d'ordinaire tout en réserve, jubilait. Il s'approcha de Hira, accompagné de l'interprète.

— Monsieur Hira, vous êtes placé en garde à vue pour extorsion en bande organisée, chantage, proxénétisme aggravé, recel de données. Vous avez droit à un avocat, à un médecin, un interprète. Vous pouvez faire prévenir quelqu'un de votre famille et les autorités consulaires de votre pays. Est-ce que vous comprenez vos droits, monsieur ?

Dans l'immense salon de la villa, Ryū était paisiblement assis en tailleur, concentré sur son bol de soupe, qu'il finissait sans prêter plus que cela attention aux canons braqués sur lui. Les flics s'approchaient précautionneusement. L'homme avait des cheveux gris coupés en brosse et un visage taillé à la serpe que venaient adoucir de petites lunettes rondes. Quand les officiers du SAT furent à deux mètres de lui, il se leva, et rajusta son kimono de soie gris avant de tendre les deux poings en avant, qu'une paire de Serflex en plastique vint enserrer. Quinet et Valmy s'approchèrent, accompagnés d'un interprète. C'est Quinet qui prit une grande inspiration ; ce n'était pas tous les jours qu'on interpellait quelqu'un au Japon.

— Monsieur Ryū, je suis la commissaire Quinet de la Brigade criminelle. Vous faites l'objet d'une commission rogatoire internationale délivrée par le juge Ponsot concernant des faits de chantage, d'extorsion et de trafic de données. Vous allez être extradé en France pour y être entendu par le juge. En attendant, vous faites l'objet d'une mesure de garde à vue, pour laquelle vous allez être reconduit en France. Cette mesure durera vingt-quatre heures, renouvelables une fois. Vous avez droit à un médecin, un avocat et un interprète. Vous pouvez faire prévenir quelqu'un de votre famille et les autorités consulaires de votre pays. Est-ce que vous comprenez vos droits ?

Ryū baissa la tête en silence.

Les deux hommes étaient assis, à quinze mille kilomètres de distance, sur la banquette arrière d'une voiture de police. Le son d'une portière qui claque à la face d'un homme et met fin à une vie de crime n'a pas non plus de frontières.

Six mois plus tard…

L'esplanade du Palais de justice était caressée par un soleil exceptionnellement doux en plein hiver. Valmy avait ouvert son manteau et avançait les mains dans les poches au côté de Ziggy. Dans le bureau du juge d'instruction, il n'avait pas regardé son ancien employeur. Il avait été courageux, digne. Cette fois-ci, il n'avait pas fui et n'avait porté l'estocade qu'à la force de ses mots. Le juge lui avait promis l'immunité et une nouvelle vie clés en main, quelque part dans la diagonale du vide, là où on ne le retrouverait pas. Hira avait écouté sans ciller le témoignage accablant de ce type qu'il n'avait jamais considéré autrement que comme de la merde. C'était finalement ça, son problème, à Ziggy : il ne demandait rien et n'avait fréquenté que ceux qui ne parlaient pas cette langue. Alors, on avait abusé de sa gentillesse, de ses muscles. Et il n'avait rien dit, parce qu'au fond, il n'en avait pas le courage. Aujourd'hui, à l'aube de ses trente ans, sa vie avait changé. Valmy posa sa main sur son épaule.

— Attends, il faut pas qu'on marche trop vite…

Dix mètres derrière, Alice Quinet avançait lentement, au rythme de Victor qui luttait toujours avec des béquilles. Ziggy s'avança pour aider le flic.

— Si vous voulez, monsieur, je pourrais m'entraîner avec vous quand vous irez mieux. Je vous remettrai en forme, moi.

Alice Quinet adressa à Ziggy un regard attendri.

— Maintenant que vous avez témoigné, Ziggy, il va falloir faire exactement ce que dit le juge. Donc, à partir du moment où on arrivera au bout de la rue, vous tournerez à gauche, nous à droite, et ça sera la fin. C'est essentiel, vous comprenez ? J'ai eu le commissaire de l'antigang de Tokyo au téléphone hier, le business de Ryū alimentait de nombreux trafics, donc il a beaucoup d'amis. Et jusqu'au procès, il cherchera à vous faire éliminer. Donc vous allez vous servir du billet de train qu'on vous a remis et commencer votre nouvelle vie en commençant par la cure que Philippe a négociée pour vous.

Ziggy, homme de titane, machine à décrocher des directs du gauche, regardait Alice Quinet avec des yeux terrorisés, qu'il tourna vers Valmy dans l'espoir qu'il le rassure.

— Je suis désolé, mon grand, mais elle a raison. T'as déjà presque décroché, tu le sais bien. Le plus dur est fait. Et puis, là où tu vas, il y a des bois pour t'entraîner, tu vas pouvoir facilement trouver du boulot… C'est une nouvelle vie. Il ne faut juste pas que tu remettes les pieds à Paris jusqu'au procès.

Malgré un Queffelec claudiquant, ils étaient arrivés à l'angle de la rue du Bastion. Ziggy n'avait jamais été fort pour les adieux et n'avait que rarement pleuré. Valmy, lui, n'avait jamais eu l'occasion de dire adieu. Quant aux larmes… Alors, en tournant les talons, Ziggy avait simplement murmuré un « Merci, monsieur, merci, madame » du bout des lèvres. L'excitation qu'il ressentait en sortant du tribunal, la certitude qu'il n'était plus seul, que Valmy, Quinet et tous les flics du groupe seraient ses anges gardiens s'était évaporée. À ce moment-là, il était un môme en transe à qui l'on dit de se calmer. On l'avait amputé d'un sentiment trop rare chez lui. Il avançait en direction du métro, un nœud s'était formé dans son estomac. Il sentait que quelque chose d'inhabituel montait en lui. Il se mit à courir.

Les flics le regardèrent s'éloigner, dans un silence que Quinet osa briser.

— Vous croyez qu'il va s'en sortir ?

— Il est discipliné, répondit Valmy. Là, il va prendre son train, et on n'en entendra plus jamais parler. Vous aviez raison, patron. Je pense qu'on lui a rendu service. On retourne au 36 ?

Victor mit un coup de béquille sur l'épaule de Valmy.

— Ah ben non, Philippe. Toi, tu prends ton service à la BAPSA ce soir…

— Tu sais que tu me fais la même blague depuis six mois ? T'es certain que t'as pas de séquelles neurologiques depuis ton accident de patinette ?

Quinet mit fin à la joute.

— Il est dix-neuf heures, je propose qu'on rentre tous chez nous ou qu'on aille boire des verres.

Valmy sauta sur l'occasion, bien trop belle.

— Je vais plutôt rentrer chez moi tôt, pour une fois…

— Si vous avez peur de vous faire pourrir par Karine, cher Philippe, vous avez un peu de temps. Je crois qu'elle est en train d'autopsier un corps pour le groupe Poiret… J'y suis allé ce matin, c'était pas beau à voir. Je crois bien qu'elle en a pour trois heures.

— Bon, eh bien un verre pas plus, dit Valmy sans conviction. Je vais essayer de lui faire des pâtes à l'arrabiata pour quand elle rentre.

— Tu deviens un vrai petit homme d'intérieur, mon vieux, lui dit Victor qui se sentait décidément taquin. Je propose autre chose : tu dis à Karine de nous rejoindre, et on se fait une soirée pizza à la maison ? Ça fera plaisir à Julien… Et puis, il ne vous a toujours pas remercié pour sa mutation, patron.

Alice déchaussa ses lunettes et s'alluma un cigarillo. Son visage était paisible. Elle laissait le froid de l'hiver lutter, sur le bout de son nez, contre la chaleur du soleil. C'était un début d'hiver, sa saison préférée. Pour la première fois depuis longtemps, elle se sentait à sa place. Les trois flics s'éloignèrent le long du Palais de justice, lentement, au rythme des béquilles de Victor. Au détour d'une rue, Valmy avait croisé ses fantômes, et leur avait souri comme on félicite, après le combat, un adversaire redoutable.

Épilogue

Une flaque de pisse. Il gisait dans une flaque de pisse, sur le bitume poisseux du parking. On ne le remarquait pas, sous sa couverture jaune constellée de taches suspectes. Tout autour de lui, un tas de cartons déformés par des silhouettes exténuées qui y avaient trouvé un repos de fortune. Il régnait dans les coursives une odeur qui vous prenait aux narines, de celles qui ne vous lâchent pas. Un mélange d'excréments, de crasse. Un parfum de misère. On passait à côté de lui, des silhouettes boiteuses, titubantes. On criait, aussi. Des bagarres d'ivrogne, des invectives dépourvues de sens. Les néons semblaient vouloir fouetter des zones de leur lumière blanchâtre, agressive. Qui faisait ressortir les cernes violacés des toxicos, leurs bras tuméfiés, rachitiques. Ses cheveux étaient collés contre son crâne. La sueur. Sa bouche était entrouverte. Elle avait, depuis longtemps, laissé échapper son dernier souffle. Ses dents n'étaient pas abîmées, il y avait toujours tenu. Ses bras à lui n'étaient pas maigres, ses biceps étaient saillants. On passait à côté de lui sans le voir, persuadé qu'il était en plein trip. « De toute façon, le karatéka, quand il tripe, rien ne sert de courir. On ne le rattrapera pas. » Rien ne clochait dans le paysage, pour ceux qui erraient dans le parking. On ne l'avait pas vu depuis six mois, mais qu'est-ce que c'était, six mois ? Est-ce qu'on le savait, ici ? Est-ce que six mois, c'était un jour ou dix ans ?

On ne l'avait pas remarqué, allongé dans sa pisse, les cheveux collés sur le front, un peu d'écume et de vomi au coin des lèvres. Les rares passants non plus, ne l'avaient pas remarqué. Parce qu'on ne le remarquait jamais. Seul un intime aurait pu voir, et il n'en avait pas. Seul un intime aurait vu qu'il ne respirait plus et qu'il était mort avec une seringue dans la main droite.

Giri Haji

Composition et mise en pages
Nord Compo à Villeneuve-d'Ascq

Imprimé en France par CPI
en mars 2023
N° d'impression : 2070691

#lisez! engagé !
www.lisez.com
Pour plus d'information :
Imprimé sur du papier issu de forêts gérées durablement.

Pocket – 92 avenue de France, 75013 PARIS

S31264/05